Sebastian Meyer

Abenteuer Roth
Der Triathlon Krimi

AF188267

Sebastian Meyer

Abenteuer Roth
Der Triathlon Krimi

Obgleich die Challenge Roth in der Tat existiert, sind Handlung und Personen frei erfunden. Jegliche Ähnlichkeit mit verstorbenen oder lebenden Personen (ausgenommen Felix und Alice Walchshöfer) sind rein zufällig und nicht beabsichtigt.

Sebastian Meyer
Rottenburger Str. 53
84085 Langquaid
segela@web.de

3. Auflage

Coverdesign: Book on Demand
Titelfoto: Sebastian Meyer
© 2018 Herstellung und Verlag: BoD – Books on Demand, Norderstedt.
ISBN: 9783748133636

Für meine Eltern

*

Der Wind rauschte Walter Schöninger um die Ohren, als er die letzte Gerade nahm und noch einmal kräftig in die Pedale seines Rennrades trat. Der Schweiß lief ihm in Strömen über die Stirn, seine Beine pumpten so unermüdlich wie die Kolben einer Lokomotive als er die letzte Steigung nahm und erschöpft die Hofeinfahrt seines kleinen Eigenheimes überquerte. Nach einhundertvierzig Kräftezerrenden Kilometern kam er schließlich zum Stehen. Ein kurzer Blick auf den Tacho bestätigte ihm eine erfolgreiche Ausfahrt. Als er den Riemen seines Helmes öffnete, flog auch schon die Haustüre auf in der ihn seine Mutter schon sehnsüchtig erwartete.

„Grüß dich Walter, bist du jetzt auch endlich wieder da?"

„Danke für die Nachfrage, es lief Bestens'', antwortete Walter verschmitzt und kontrollierte noch einmal alle Daten seines Tachometers. Ein dreiunddreißiger Schnitt, damit war er höchst zufrieden.

„Wenn ich die Leistung auch in Roth abrufen kann, dann mach ich mir ums Finish keine großen Gedanken."

„Das klingt ja schon mal gut, hoffentlich hast du nach dem Wettkampf auch wieder ein bisschen mehr Zeit für Haus und Hof. Ich kann mich als alte Frau doch nicht immer um alles alleine kümmern'', gab seine Mutter zu verstehen und zeigte mit einem Wink auf den Rasen, der eigentlich schon seit zwei Wochen gemäht werden sollte.

„Aber sicher, Mutti'', antwortete Walter während er sein Rad an der Wand der Doppelgarage anbrachte „Aber einen Triathlon über die Langdistanz macht man eben nicht so einfach nebenbei. Da ist schon ein bisschen Training nötig."

„Ja, das erzählst du mir jedes mal. Jetzt dusch dich erstmal und danach wartet das Essen auf dich."

Frau Schöninger trat einen Schritt zur Seite um ihren Sohn ins Haus hinein zu lassen, als ihr Nachbar Schmied herüber rief.

„Servus, alte Sportskanone", tönte es von der anderen Seite des gemeinsamen Scherenzaunes. Ihr Nachbar, ein stattlicher älterer Herr Mitte sechzig, zeigte sich sehr angetan von Walters sportlichen Aktivitäten und bewunderte ihn insgeheim auch dafür.

„Ich hab dich heute Morgen wegfahren sehen. Du warst ja bestimmt vier Stunden unterwegs."

„Ja, noch ein bisschen mehr" , antwortete Walter stolz, „Sie können beim nächsten ja gerne mal mitfahren.''

„Nein, nein", wehrte der Nachbar ab, „dafür bin ich viel zu alt und zu faul. Ich hab es vor ein paar Jahren mal mit dem Laufen versucht, aber der innere Schweinehund hat stets die Oberhand behalten. Wie kannst du dich nur immer wieder aufs Neue so motivieren?"

Das war die Frage auf die Walter insgeheim gewartet hat. Endlich fand er Gelegenheit jemanden von seinem Vorhaben zu erzählen ohne selbst das Thema anschneiden zu müssen und nicht als Prahlhans dazustehen. „Ganz einfach, Herr Schmied, ich melde mich für einen Wettkampf an und schon bin ich gezwungen zu trainieren. Das gibt mir jeden Tag die nötige Motivation."

„Was für Wettkämpfe machst du da so?", fragte der Nachbar interessiert.

Das Gespräch verlief genau wie Walter erwartet hatte. Jetzt konnte er es rauslassen: „Triathlon. Ich mache in drei Wochen den Triathlon in Roth, die Challenge. Zugleich die deutsche Meisterschaft auf der Langdistanz."

„Aha, aha", antwortete Schmied, der mit den Informationen nicht viel anfangen konnte. „Und was musst du da genau machen? Laufen und Radfahren?" Der Nachbar zeigte sich aber sehr interessiert.

„Und Schwimmen. Danach kommt das Radfahren und das Laufen", antwortete Walter mit stolz geschwellter Brust als hätte er bereits die Langdistanz absolviert. Dabei sollte dies ja sein erster sein.

Mutter Schöninger hatte sich in der Zwischenzeit zurück in das Haus begeben. Sie wusste, er war jetzt ganz in seinem Element und lies ihrem Sohn die Freude.

Der Nachbar hingegen schien nun richtig erpicht auf Walters Erklärungen zu sein.

8

„Alles an einem Stück, oder was? Wie lange dauert denn das? Ich meine, so was mal im Fernsehen gesehen zu haben. Da bist du ja bestimmt zweihundert Kilometer unterwegs."

„Zweihundertsechsundzwanzig Kilometer sind es um genau zu sein", klärte Walter ihn auf, „Drei Komma acht Kilometer schwimmen, hundertachtzig Kilometer Radfahren und ein kompletter Marathon über zweiundvierzig Komma hundertfünfundneunzig Kilometer. Wenn alles nach Plan läuft bin ich etwa zehn bis elf Stunden unterwegs."

Herr Schmied zeigte sich sehr erstaunt. „Respekt, mein Lieber. Das haut mich jetzt glatt aus den Socken. Kommt deine Mutter da auch mit?"

„Nein, nein. Die würde sich nur langweilen."

„Mhm, und wer gewinnt denn da solche Rennen?"

„Gute Frage, heuer ist der Amerikaner Brock Coleman der große Favorit. Er wurde letztes Jahr erster auf Hawaii. Knapp vor William Helmsley aus England. Bei den Deutschen könnte Tim Neidhart das Rennen machen. Er hat Roth in der Vergangenheit schon drei Mal gewonnen. Ist zwar schon ein paar Jahre her, aber zurzeit erlebt er seinen zweiten Frühling."

„Na dann drück ich ihm und dir mal die Daumen. Walter, ich glaube deine Mutter ruft gerade nach dir." Walter blickte sich um und erspähte seine Mutter wild gestikulierend am Küchenfenster.

„Oh, ich glaube ich sollte langsam mal reingehen."

„Mach das. Ich wünsche dir viel Erfolg für dein Abenteuer in Roth, falls wir uns bis dahin nicht mehr sehen sollten."

„Danke, ich lasse es sie wissen wie es mir ergangen ist."

Frisch geduscht begab sich Walter hinunter in die Küche, setzte sich auf die Eckbank und verspeiste gierig die erste Portion Nudeln. Mutter Schöninger setzte sich ihm gegenüber an den rustikalen Küchentisch und nahm einen ihrer Groschenromane zur Hand. Wenn sie nicht alle Romane nach dem Lesen wegwerfen würde, hätten sie schon ein eigenes Zimmer für die ganzen Hefte gebraucht, dachte Schöninger.

Verstohlen blickte sie immer wieder hinüber zu ihrem Sohn. Walter war dies nicht entgangen.

„Mama, hast du was auf den Herzen?"

„Nun ja, jetzt wo du für einige Tage weg fährst, werde ich wohl ganz allein sein."

„Ja!?"

„Und ich finde du könntest ein wenig Unterstützung gebrauchen."

„Mama, du willst doch nicht etwa mitkommen? Ich dachte wir waren uns einig?", antwortete Schöninger genervt. „Ja schon, aber…"

„Mama, nein!" unterbrach sie ihr Sohn.

„Aber dieser Triathlon ist Wahnsinn. Ich möchte dabei sein, wenn es dir nicht so gut geht und vor allem möchte ich dabei sein wenn du es wirklich schaffen solltest."

Seine Mutter klang so energisch und überzeugt dass Walter fast nichts anderes übrig blieb als nachzugeben, versuchte sich aber an ein einigen Ausflüchten.

„Aber das ist doch nichts für dich. Ich werde den ganzen Tag unterwegs sein, du wirst mich kaum zu Gesicht bekommen und die viele Sonne wird dir nicht bekommen, das hatten wir ja schon mal."

„Mach dir um mich mal keine Sorgen, ich werde Vorkehrungen treffen."

Walter merkte schon dass es ausgeschlossen ist, seine Mutter umzustimmen. Vielleicht hatte es ja auch was Gutes und der Tapetenwechsel würde ihr bestimmt gut tun.

„Schon gut, Mama. Aber *ich* werde sagen wann und wo wir hingehen werden, das wird *mein* Wochenende."

„Ja, Walter. Ich werde dir bestimmt kein Klotz am Bein sein."

Walters Traum vom perfekten Triathlonwochenende fiel wie ein Kartenhaus zusammen. Wie gern hätte er diese Tage nur für sich gehabt und sich mal so richtig seinem Lieblingssport hingeben können. So mit allem drum und drann, der Nudelparty, gemütliches schlendern durch die Expo, der Wettkampfbesprechung, der Siegerehrung und der Austausch mit den anderen Triathleten. Aber seit dem plötzlichen Tod seines Vaters vor zwei Jahren war Walters

Mutter sehr einsam geworden, schaffte es sogar ihren Sohn wieder zurück nach Hause zu locken, nachdem dieser bereits vor mehr als zehn Jahren von daheim ausgezogen war und in Nürnberg, seinem Arbeitsort, eine kleine Wohnung bezogen hatte.

„Wo wolltest du denn übernachten?", fragte Walters Mutter nun.

„Ich hab gelesen im ganzen Landkreis soll kein Zimmer mehr frei sein."

Walter zuckte mit den Schultern. Er war die letzten Monate so auf sein Training versessen dass er total verschwitzte für eine Unterkunft zu sorgen. „Ich weiß nicht. Wahrscheinlich ist campen am Heuberg angesagt."

„Campen? Du meinst Zelten? So richtig mit allem was dazugehört?", fragte Mutter entsetzt.

„Nein, nein. Ich würde mir einen Wohnwagen leihen."

Mutter zeigte sich sichtlich erleichtert. Das kann ja heiter werden, dachte Walter und zog es lieber vor nichts mehr zu diesem Thema zu sagen.

„Ich verstehe nicht dass du überhaupt eine Übernachtung suchst. Ich meine wir haben ja nur vierzig Minuten bis nach Roth."

„Stimmt, vierzig Minuten. Und ich habe keine Lust jeden Tag vierzig Minuten nach Roth zu fahren. Aber dir steht es frei zuhause zu bleiben."

„Nein, natürlich komme ich mit."

Walter merkte sofort dass ihr vor dem Leben auf dem Campingplatz graute, hoffte insgeheim sogar seine Mutter würde doch noch lieber daheim bleiben.

*

Etwa vier Wochen später befuhren Kommissar Walter Schöninger und dessen Mutter die Autobahn A neun Richtung Roth. Ihr alter

Mercedes Kombi zog mit lautem Motorengeheul den Wohnwagen hinter sich her. Der üppige Kofferraum war vollgepackt bis obenhin. Neben zwei großen Reisekoffern und der stattlichen Sporttasche fand auch noch Walters schwarz-weiß lackiertes Triathlonrad Platz. Das Vorderrad musste allerdings weichen, so dass dieses hinter den Fahrersitz Platz nehmen musste. Der Hörnchenlenker, nebst Aufleger, wurde aus Platzgründen um neunzig Grad nach unten verstellt.

„Ich verstehe nicht warum du so griesgrämig guckst", versuchte Mutter Schöninger ihren Sohn Walter ein wenig aus der Reserve zu locken als dieser die ganze Fahrt über schon etwa zurückhalten wirkte. „Andere wären froh wenn sie ein wenig Unterstützung bekämen und nicht alleine fahren müssten."

Walter schwieg.

„Spielst du jetzt den beleidigten?", hakte sie nach.

Er reagierte erneut nicht.

„Walter!" rief sie energisch.

Er schreckte hoch. „Hast du was gesagt? Ich war in Gedanken."

Mutter zeigte sich genervt. „Nicht nur das, mach auch endlich mal das Geschrei hier leiser." Sie fuchtelte mit dem Finger in Richtung CD-Player.

„Das ist kein Geschrei, das sind Motörhead", belehrte sie Walter. „Das brauch ich jetzt um mich einzustimmen."

„Heute ist Donnerstag, du hast noch drei Tage Zeit um in Stimmung zu kommen. Laut Navi kommen wir etwa um zwölf in Roth an. Vielleicht können wir im Triathlonpark auch gleich zu Mittag essen."

„Können wir machen, ich kann es kaum erwarten endlich meinen Startbeutel in der Hand zu halten."

„Da scheinst du nicht der einzige zu sein" ‚stellte die Schöningerin fest und deute auf ein überholendes Fahrzeug „Das ist nun schon das vierte Auto mit Rennrad auf dem Dach oder am Heck das uns heute überholt."

„Ja, die sind bestimmt auch alle auf dem Weg zur Challenge. Sollen sie mich doch nur überholen. Am Sonntag sammle ich einen nach dem anderen wieder ein", lachte Walter „Aber weißt du auf was ich mich fast am meisten freue?"

„Nein, sags mir."

„Darauf dass Brock Coleman und William Helmsley erneut aufeinander treffen."

„Was ist daran so besonders?"

„Du weißt doch dass Coleman Helmsley letztes Jahr bei der Weltmeisterschaft auf Hawaii ganz knapp geschlagen hat. Helmsley hat dies bis heute nicht überwunden. Er wirft Coleman vor, sich unerlaubterweise einen Vorteil verschafft zu haben, in dem er beim Radfahren immer wieder den Windschatten seines Landsmannes Paul Jannetty genutzt hatte und somit die Kraft gespart hätte, die beim Laufen auf den letzten Kilometern den Ausschlag gegeben hat."

„Ich dachte Windschatten fahren wäre verboten."

„Ist es ja auch. Vermutlich wurden bei ihm mal ein oder zwei Augen zugedrückt."

„Und nun?"

„Und nun attackiert Helmsley Coleman bei jeder Gelegenheit verbal, ob in den Interviews oder auf seiner Homepage. Die Sache spaltet auch schon die Lager der anderen Athleten und die der Fans."

„Ist das kindisch."

*

Es waren noch drei Tage bis zum großen Rennen. Walter saß alleine auf der Kante des aufklappbaren Bettes im Wohnwagen und packte seine Wechselbeutel. Seine Mutter war "ein wenig die Gegend auskundschaften", wie sie sagte. Walter war das ganz recht, jetzt konnte er keine Einmischung a la "Zieh doch lieber dies und das an, falls dieses und jenes passiert". Sorgfältig breitete er auf dem Bett all

13

seine benötigten Kleidungstücke aus. Von den zwei ausgegebenen Startnummern würde er nur eine benötigen, diese befestigte er auf seinem Startnummernband. Zur Sicherheit brachte er in der Mitte noch eine dritte Sicherheitsnadel an. Die andere steckte er wieder zurück in den Umschlag. Auch die bewahrte er als Andenken gut auf. Er hatte nicht vor seine Kleidung während des Rennens zu wechseln. Walter legte seine Utensilien auf drei Häufchen verteilt zurecht. Jeweils einen für den grünen, blauen und roten Wechselbeutel. Der eine war für seine Radsachen, der andere für die Laufsachen und der dritte war für die Sachen für vor und nach dem Rennen gedacht. Er überlegte was er wohl anziehen würde. Seinen Zweiteiler, den er schon auf einigen Kurzdistanzen getragen und sich mit ihm wohl gefühlt hatte, oder sollte er sich doch noch den Einteiler zulegen, der ihn auf der Expo schon ein wenig angelacht hatte. Die Challenge am Sonntag war schließlich das Highlight in seiner bisherigen Triathlonkarriere und zahlreiche Zuschauer werden erwartet. Dann gibt's natürlich noch den Fotoservice auf der Strecke. Da will man natürlich einigermaßen gut aussehen. Sollte er nun bereits beim Radfahren Socken tragen? Er entschied sich dafür. Bei hundertachtzig Kilometern will man es doch bequem haben. Der Wetterdienst sagte einen unbeständigen Tag, aber dennoch sechsundzwanzig Grad voraus. Zur Sicherheit legte er seine Armlinge zu den Radsachen. Neben den Lauf- und Radschuhen packte er noch ein Handtuch zum Abtrocknen ein. Allerdings nicht irgendeins, sondern das mit dem Emblem des 1. FC Nürnberg, welches er schon seit seiner Kindheit besaß. Es sollte ihm Glück bringen. Welche Schwimmbrille soll ich nur mitnehmen, überlegte er. Die, die nicht hundertprozentig dicht war, aber bequem, oder die, die drückte, aber kein Wasser rein lies? Er packte beide ein und vertagte die Entscheidung auf den Rennmorgen. Walter ärgerte sich sogleich dass er es nicht schaffte in den sechs Monaten Training eine vernünftige Schwimmbrille zu kaufen. Jetzt brauchte er nur noch seinen Neoprenanzug und die blaue Schwimmmütze, die vom Veranstalter ausgegeben wurde. An sein weißes Triathlonrad brachte er noch die Startnummer an. Auch der

Helm wurde mit der Nummer beklebt. Walter war froh nun alle Vorbereitungen getroffen zu haben. Jetzt konnte er die letzten Tage noch richtig genießen.

Wenig später machte sich Walter mit seiner Mutter auf den Weg zum Challenge Areal. Es herrschte bereits reges Treiben. Langsam trudelten die Teilnehmer aus aller Welt ein. Die neuesten Triathlonräder mussten begutachtet, Innovationen bestaunt und Souvenirs gekauft werden. Die Athleten aus über fünfzig Ländern verwandelten das Challenge Areal in einen multikulturellen Basar. Beide florierten durch das Messegelände und erreichten sogleich den Stand von dem amerikanischen Radhersteller Masterbike. Dort waren die neuesten Top Modelle ausgestellt, die sich Walter natürlich gleich näher ansehen musste. Besonders tat sich das neueste Modell, der Thunderhawk, hervor. So aggressiv der Name klang, so gestaltete sich auch das Design des Velos. Windschnittig und kämpferisch. Ein Carbonsattel mit nach hinten liegenden integrierten Flaschenhaltern, aufgesetzt auf einer Sattelstütze aus, natürlich, reinem Carbon. Der Zeitfahrlenker von Profile Design stand für kompromisslose Aerodynamik. Der Rahmen selbst erweckte den Anschein als entspränge er gerade erst dem Windkanal. Die Reifen mit den Four-Spokes waren allein optisch schon ein echter Leckerbissen. Eine komplette hochwertige Shimano Dura-Ace Ausstattung sorgte für das i-Tüpfelchen.

„Wahnsinn, der Thunderhawk! Welche elegante Linienführung und dieser tief stehende Aerolenker, ein Traum!"

„Nicht wahr?", fragte der Austeller, der auf Schöninger zutrat.

„Das ist unser Topmodell. Mit exakt dem gleichen Rad wird Brock Coleman am Sonntag antreten."

„Der Renner ist wirklich ein Traum", fügte Walter an, „aber für mich sicherlich nicht erschwinglich. Ich denke mein Auto hat nur ein unwesentlich mehr gekostet."

„Gut möglich", fügte der Aussteller an. „So wie es da steht dürfen sie mit etwa sechzehntausend Euro rechnen."

„Das sind vierzehntausend zu viel für mein bescheidenes Budget", lachte Walter „Kein Wunder dass man die Masterbike so selten sieht."

„Masterbike ist eben nicht irgendein Triathlonrad. Es wird nur auf Bestellung gefertigt und auch nicht jedermann zugänglich."

„Warum eigentlich nicht? Mal abgesehen vom Preis?"

„Ein Masterbike kann man nur kaufen indem man von einem anderen, registrierten Masterbike Fahrer geworben wird. Wenn also jemand aus ihrem Bekanntenkreis eins fährt, stehen ihre Chancen schon mal besser."

„Leider nein, aber wenn das so ist, warum haben sie dann hier überhaupt einen Promotionsstand?"

„Man muss dennoch zeigen was man hat, wir haben zum Beispiel den hier den nagelneuen Thunderhawk, dem Nachfolger des Condor."

„Ich denke ich muss mich mit Fotos begnügen, die darf man doch machen, oder?"

„Klar, nur zu."

Mit seiner Handykamera schoss Walter mehrere Bilder von allen Seiten um wenigstens den Desktop seines Computers mit einem Masterbike schmücken zu können.

*

Spätnachmittags fanden sich scharenweise Medienvertreter und interessierte Zuschauer zur angekündigten Pressekonferenz ein. Das Veranstaltungszelt war bis auf den letzten Platz gefüllt. Jeder erwartete die große Revanche zwischen den Dauerrivalen Brock Coleman und William Helmsley mit großer Spannung. Walter und seine Mutter waren froh zeitig vor Ort zu sein und einen annehmbaren Platz in den vorderen Reihen ergattert zu haben. Langsam trafen auch die Athleten ein, ausgestattet mit Kappen und T-Shirts ihrer Sponsoren. Als erstes nahm der deutsche Profi und Lokalmatador Tim

16

Neidhart Platz. Er wurde vom Rother Publikum frenetisch empfangen. Seine legendären Rennen hier haben die Zuschauer nicht vergessen. Es folgte verhaltener Applaus für die in Nürnberg lebende Beth Michelle aus den USA. Ihr folgte sogleich ihre deutsche Dauerrivalin Maria Hart, die mit freundlicheren Reaktionen begrüßt wurde. Auch sie war eine frühere Siegerin und wollte ihren größten sportlichen Erfolg gerne wiederholen. Der Brite William Helmsley betrat als Vizeweltmeister die Bühne und wurde von besonders enthusiastischen Anwesenden mit Standing Ovations und lautem Jubelgeschrei empfangen. Das Trio bei den Damen machte die Schweizerin Natalia Hoffmann komplett. Zu guter Letzt betrat Brock Coleman das Zelt. Er wirkte sehr unsicher, obwohl er nach seinem großen Sieg auf Hawaii den Rummel um seine Person gewohnt sein dürfte. Auch er hatte zahlreiche Fans auf seiner Seite, die ihm lautstark applaudierten, während einige, die sich auf Helmsleys Seite geschlagen hatten, mit Buhrufen ihre Meinung kund taten.

Tom Bosch vom deutschen X-trim Magazin eröffnete die Gesprächsrunde.

„Meine erste Frage geht gleich mal an sie, William. Das Motto der diesjährigen Challenge könnte "die große Revanche" lauten. Warum ist ihnen die Revanche so wichtig dass sie sie hier in Roth suchen und nicht die WM auf Hawaii abwarten?"

„Weil ich auf Hawaii keine faire Bedingungen zu erwarten habe, wie sie vielleicht letztes Jahr selbst über dem Fernsehschirm miterleben durften. Zum Glück befinden wir uns hier in Roth auf neutralen Boden. Ich denke, hier werden die Amerikaner nicht bevorzugt."

„Das heißt sie schreiben Hawaii bereits ab?"

„Nein, ich werde auch dieses Jahr dort angreifen. Und zwar erneut in Bestform. Ein Helmsley in Bestform ist nicht zu schlagen und das werden auch die Amerikaner einsehen müssen."

„Wird es auch eine Rolle spielen dass Paul Jannetty nicht am Start sein wird, immerhin werfen sie ihm ja vor die Tempomacherrolle für Brock Coleman gemacht zu haben."

„Dass dem so war beweisen ja die Fernsehbilder, das brauch ich nicht lange wiederzukäuen, von daher wird sein Fehlen eine sehr bedeutende Rolle spielen, da er mitunter siegentscheidend gewesen wäre."

Hans Drechsler von der Internetplattform Tri226.de schaltete sich ein.

„Mr. Coleman, wie stehen sie zu den Vorwürfen, immerhin spaltet dies auch schon die Fangemeinde. Die einen denken, sie hätten entgegen den Regeln von Paul Jannettys Windschatten profitiert, die anderen sind der Meinung, sie hätten auch so das Rennen gemacht."

„Jannetty ist ein sehr starkes Rennen gefahren und hätte ihn das kaputte Schaltwerk nicht aus dem Rennen geworfen, würde er jetzt wohl satt mir hier oben sitzen. Natürlich habe ich versucht an ihm dranzubleiben um meine Chancen auf den Sieg zu wahren. Dass ich allerdings von seinem Windschatten profitiert haben soll, halte ich für absurd, schließe habe ich die geforderten zehn Meter Abstand von seinem Hinterreifen aus eingehalten und habe diesbezüglich auch von den Race Marshalls keine Beanstandung erfahren."

„Ist doch klar, weil die auch wieder einen der ihren siegen sehen wollten", rief Helmsley ihm aufgebracht zu. „Immerhin liegt der letzte Sieg eines Amerikaners schon zehn Jahre zurück."

Ohne in seine Richtung zu sehen schüttelte Coleman nur den Kopf und versuchte unter den Journalisten den nächsten Fragesteller auszumachen.

Ein groß gewachsener Reporter mit einer dicken Hornbrille erhob sich und ergriff das Wort. „Robert Lindinger, mein Name, von der Nürnberger Zeitung. Sie sind amtierender Weltmeister, welchen Stellenwert hätte für sie der Sieg hier in Roth?"

„Ehrlich gesagt einen sehr großen. Wie Im Oktober nach Hawaii, guckt die ganze Triathlonwelt jedes Jahr im Juli nach Roth. Es war als junger Athlet immer schon mein Traum mal hier zu starten und auf dem Podest zu stehen. Sollte ich am Sonntag ganz oben stehen, wäre der Traum perfekt. Allerdings hätte ich dann auch keine Ziele mehr", fügte Coleman lachend an.

Lindinger: „Herr Neidhart, wie schätzen sie ihre Form ein, reicht es noch mal für den großen Wurf?"

„Ich bin nun fünf Jahre schon nicht mehr hier am Start gewesen. Aber ich fühle mich recht fit. Ich denke für die eine oder andere Überraschung bin ich immer noch gut und werde versuchen die Favoriten ein wenig zu ärgern."

Walter Rieger vom Triathleten Magazin: „Sehen sie sich nicht selbst als Favorit? Immerhin sollen sie mit Hilfe neuer Trainer ihr Schwimmtraining intensiviert, ihren Laufstil verbessert und ihre Sitzposition auf dem Rad optimiert haben."

„Gut, man stellt sich natürlich alle paar Jahre selber auf den Prüfstand, wirft den alten Trainingstrott ab und versucht neue Reize zu setzen. Das habe ich getan und die ersten Testwettkämpfe haben gezeigt dass ich auf dem richtigen Weg bin."

„Sie sind seit dieser Saison auf einem Masterbike unterwegs, ihre Leistung verbesserte sich sprunghaft. Hat ihnen das Fahren dieses Luxusbikes zusätzlich motiviert?"

Coleman lächelte. „Das auch, ja. Aber meine eigentliche Motivation ziehe ich aus dem Gewinn der Weltmeisterschaft. Viele Athleten vor mir hat der Sieg satt gemacht, aber ich will jetzt erst recht beweisen dass ich der beste bin. Und ohne arrogant wirken zu wollen, ich halte mich auch für den zureit besten Triathleten der Welt."

Helmsley konnte sich nicht zurückhalten und lachte schallend.

„Witzig war er ja schon immer, unser Mister World Champion."

Coleman ignorierte den Kommentar und blickte auf die nächste Frage wartend zu den Presseleuten hinab.

„Eine Frage an sie, William", meldete sich Drechsler erneut. „Was ist dran an den Gerüchten dass der Deal mit Masterbike ursprünglich ihnen angeboten worden ist, aber dann von Masterbike zurückgezogen wurde?"

„Nichts", antwortete Helmsley schlicht und versuchte seinen Ärger zu unterdrücken.

„Haben sie nicht letztes Jahr noch von Masterbike geschwärmt?"

Helmsley verdrehte die Augen, war genervt und wollte am liebsten von der Pressekonferenz verschwinden.

„Ich halte Masterbike nach wie vor für ein solides Zeitfahrrad, du Klugscheißer. Aber ich bin auch glücklich ohne den Deal."

Ein Raunen ging durch die Menge.

„Wenn Coleman sich mit dem Rad für den Größten hält ist das seine Sache, aber ein großer Athlet gewinnt auch auf Rädern mit weniger Prestige. Wobei ich meinen Ausstatter keineswegs abwerten möchte." Nach einer kurzen Pause fügt er hinzu: „Abgerechnet wird am Sonntag und ich verspreche hiermit dass ich ihn", er wandte sich Coleman zu, „In Grund und Boden fahren und laufen werde.''

Helmsley stand daraufhin auf und verließ wortlos die Pressekonferenz.

Nach der vieldiskutierten PK zogen Mutter und Sohn durch die abendlichen Straßen von Hilpoltstein, auf der Suche nach der Pizzeria Da Franco, die ihm vor der Anreise von einem Trainingspartner empfohlen wurde.

„Bist du sicher dass wir hier fündig werden?", zeigte sich Mutter ein wenig verunsichert.

„Aber klar doch. Gleich neben der Pension Baumgartner. Hat mir der Martin extra erklärt."

„Na ja, ich bin mir da nicht so ganz sicher. Irgendwie wirkt die Gegend hier ein wenig verlassen und fast schon unheimlich."

„Ach was, du hast wohl zu viele schlechte Filme gesehen. Das ist halt einfach eine der ruhigeren Gegenden, wo man auch mal vom ganzen Trubel abschalten kann."

„Hör mal", flüsterte Mutter plötzlich aufgeregt, „Ist das nicht dieser Helmsley?"

Walter entdeckte zwei Personen, die sich hinter einer Litfaßsäule lautstark unterhielten, oder eher stritten wie es den Anschein hatte.

Die Schöningerin zog an Walters Ärmel. „Komm, lass uns näher ran gehen. Hinter der großen Werbewand da drüben sieht uns niemand."

„Neugierig warst du ja schon immer", sagte Walter „aber wir können doch nicht einfach ein fremdes Gespräch belauschen."

„Verdammt noch mal, wie kann man nur so viel Scheiße labern? Ich reiße mir den Arsch auf um dich zu fördern und zu unterstützen und du machst mit ein paar hirnlosen Worten alles kaputt. Mann, ich könnte dich…", schrie eine unbekannte Person mit auffällig großen Cowboyhut Helmsley an und machte eine Geste als wolle er ihn erwürgen.

Oha, dachte Walter. Vielleicht sollte ich doch mal ein Ohr riskieren.

„Nun bleib mal locker", entgegnete Helmsley, „das hat doch niemand gecheckt. Las das mal meine Sorge sein. Wenn der Fall eintreffen wird, weiß ich schon was ich zu tun habe."

„Wie dumm bist du eigentlich? Heutzutage ist das nicht mehr so einfach wie noch vor ein paar Jahren als es gereicht hatte mit ein paar blauen Scheinchen zu wedeln. Du musst dich öffentlich entschuldigen."

„Niemals, ich werde mein Gesicht verlieren!"

„Du hast schon genug verloren! Was meinst du wie viele Sponsoren nun abspringen werden? Einer hat mich schon angerufen und gefragt was da los ist. Ich bin ganz schön in Erklärungsnot geraten, aber ich denke er hat meine Antwort akzeptiert. Wie willst du dich ohne Sponsoren als Profi behaupten? Von den Preisgeldern alleine kannst du nicht leben, außerdem wird dich sowieso kein Veranstalter mehr einladen."

„Nun bleib mal cool", versuchte Helmsley die Sache herunterzuspielen, „So schlimm wird es schon nicht werden. Morgen wenn alle eine Nacht drüber geschlafen haben sieht die Welt schon wieder ganz anders aus."

Der Fremde mit dem Hut schüttelte lachend den Kopf. „William, dir ist wirklich nicht mehr zu helfen. Du bist nicht nur dumm, sondern auch schrecklich naiv. Ich muss jetzt los. Ich wünsche dir dennoch alles Gute für die Zukunft."

Er drehte sich um und verschwand in der Dunkelheit. Helmsley sah ihm noch etwas nach, kratzte sich am Kopf und überquerte die Straße zurück in die Pension.

„Walter, was sagst du denn dazu?"

„Ich sage, wir haben die Pizzeria immer noch nicht gefunden!"

*

Am Samstagnachmittag machten sich Walter und seine Mutter mit dem Mercedes auf den Weg zum Rad Check-In. Ein Helfer der Feuerwehr lotste sie auf ein Feld gegenüber des Zugangs zum Schwimmstart am Main-Donau-Kanal. Dort angekommen holte Walter sein Rad aus dem Kofferraum. Er kontrollierte es nochmals auf seine Wettkampftauglichkeit. Die Bremsen waren in Ordnung, die Schaltung auch. Im Hinterrad allerdings, fehlte noch ein wenig Luft. Walter pumpte den Reifen mit der mitgeführten Standluftpumpe auf. Die Startnummer war gut sichtbar auf der Seite, vorne links, angebracht. Seinen Zeitmesschip hatte er auch nicht vergessen. Dafür aber seinen Helm. Diesen fand er unter dem rechten Hintersitz. Er war auch mit den drei Startnummernaufklebern versehen. Walter warf flüchtige Blicke auf die Konkurrenz.

„Verdammt, die schauen alle so durchtrainiert aus. Wenn ich mich hingegen so anschau…"

„Ach komm, du hast auch gut trainiert", ermunterte ihn seine Mutter, „und die anderen kochen auch nur mit Wasser."

„Naja, zumindest werde ich zunehmend nervöser. Lass uns losgehen und das Rad wegbringen."

„Hast du nicht noch was vergessen?", fragte sie ihn.

„Was denn? Rad, Helm, Chip…"

„Den Kleiderbeutel!"

„Jessas, genau. Meine Radsachen. Gut dass ich dich dabei hab."

„Zur Not hättest du ihn ja noch morgen früh abgeben können", lächelte die Schöningerin.

Walter schob das Rad vor sich her. Mutter ging auf dem schmalen

Weg lieber hinter ihm, immer darauf bedacht dass nicht von hinten ein Radfahrer heranbrauste, der ebenfalls auf dem Weg zum Check-In war. Manche Athleten meinten wohl noch hier trainieren zu müssen. Dort angekommen bildete sich schon eine lange Schlange vor dem Eingang der Wechselzone.

„Oh, Mann", jammerte Walter, „das kann noch ein wenig dauern. Hoffentlich haben wir wirklich nichts vergessen."

„Ach, so lange wird das schon nicht dauern", zeigte sich seine Mutter zuversichtlich und zückte ihre Kamera bestimmt fünfundzwanzig Jahre alte analoge Agfa Kamera, „Ich mache derweil ein paar Bilder von dir."

Mutter Schöninger hielt die Kamera vor das Gesicht und fotografierte munter drauf los. „Lächle doch ein wenig, das ist immerhin deine erste Langdistanz, das gehört doch würdig dokumentiert!"

Walter entglitt ein gequältes Lächeln. Gott, war das peinlich.

Mutter reihte sich wieder an Walters Seite ein, als sie das Gespräch der Athleten hinter ihr hellhörig werden ließ.

„Dem Sauhund sollte man es mal richtig zeigen", schimpfte einer der beiden und fuchtelte mit der Faust vor seiner Nase herum.

„Für seine Sprüche wird er schon noch büßen müssen, das verspreche ich", antwortete sein Kumpel.

Walter musste grinsen. „Ich glaube auf der Pressekonferenz hat Helmsley mit Erfolg die Emotionen geschürt."

„Scheint so. Hoffentlich wird er das nicht einmal bitter bereuen", antwortete seine Mutter.

Walter blickte daraufhin unauffällig über seine Schulter. Für Triathleten waren die zwei relativ kräftig gebaut. Einer der beiden trug einen auffällig langen Kinnbart, der andere war über und über mit Tätowierungen übersäht.

Walter wandte sich wieder zurück seiner Mutter zu. „Die sehen ja gemein gefährlich aus."

„Sei froh dass sie sich über Helmsley ärgern und nicht über dich."

„Pah, das wäre ja noch schöner. Ich habe auf der Arbeit genug mit solchen Typen zu tun."

Die Schlange war in der Zwischenzeit auf etwa die Hälfte geschrumpft.

„Wie lang dauert das denn noch? Beeilt euch mal da vorn", schimpfte der Bärtige.

Verdutzt über dieses Flegelhafte Benehmen drehte sich Walter abermals um. Dem Tätowierten schien das gar nicht zu gefallen.

„Was glotzt du so blöd? Hast du ein Problem?"

„Bleib mal locker", antwortete Walter gelassen, „wohl ein wenig aufgeregt vor dem großen Tag, was?"

„Leck mich doch!"

Walter wandte sich wieder seiner Mutter zu. „Die beiden sehen mich beim Rennen nur von hinten, das verspreche ich dir."

„Das will ich auch hoffen", grinste sie.

Kurz darauf war Walter bereits an der Reihe um sein Rad überprüfen zu lassen. Sein Rad hatte keine ersichtlichen Mängel vorzuweisen, die Bremshebel ragten nach hinten und der Helm entsprach den erforderlichen Richtlinien. So wurde er von den Helfern der DTU in die Wechselzone gelassen. Sophie musste inzwischen vor dem Absperrzaun warten. Nur Athleten und die Helfer durften in den Bereich der Wechselzone.

Walter wurde sogleich eine Abdeckplane für sein Fahrrad gereicht. Sollte es über Nacht zu regnen anfangen, war sein Rad gut vor der Nässe geschützt. Walter suchte den für ihn bereitgestellten Platz mit der Startnummer sechshunderteins. Nach kurzem Umsehen fand er diesen auch bald. Er stellte das Rad in den dafür vorgesehenen Ständer und kontrollierte nochmals den Luftdruck. Passt. Bis morgen früh wird sich daran hoffentlich nichts mehr ändern. Ein letzter Blick auf den Tacho. Auch da war alles in Ordnung. Er war auf null gestellt. Der richtige Gang fürs losfahren war auch eingelegt. Die Oberrohrtasche für die Verpflegung würde er morgen früh füllen. Walter hängte sein Startnummernband über den Lenker, ebenso seinen Helm. Nach dem Wechsel soll ja alles gleich griffbereit sein. Als er die Plane über seinen Renner zog, begann es leicht zu nieseln. Walter war sehr froh darüber. Er hoffte dass es bis zum Wettkampf ein wenig abkühlen würde. Die drückende Hitze der letzten Tage machte ihm arg zu schaffen.

*

Es war früh am Morgen, die Wellen des Kanals brachen die ersten Strahlen der aufgehenden roten Morgensonne. Einige Athleten, die jetzt noch cool genug waren, nahmen am Ufer Platz, kauten an Energieriegeln, dösten ein wenig vor sich hin oder lasen zur Entspannung ein Buch. Auf der anderen Seite des Flusses standen ein halbes Dutzend Heißluftballone, die soeben aufgeblasen wurden.

„Herzlich Willkommen zur diesjährigen Auflage der Challenge, hier im fränkischen Roth!", erklang es aus den Lautsprechern beim Schwimmstart am Main-Donau Kanal, „Es ist genau sechs Uhr morgens und wir haben noch etwa zwanzig Minuten Zeit bis zum ersten Startschuss... Das Profifeld macht sich schon langsam bereit für den Start... Mit dabei sind im ersten Starterfeld natürlich wieder auch alle Frauen und die Senioren, sowie die besten Age Grouper!"

In der Wechselzone trafen William Helmsley und Tim Neidhart, unter Beobachtung der Presse und den Fans, die letzten Vorbereitungen an ihren Zeitfahrrädern.

„Hey Tim, hast du vielleicht schon den Coleman gesehen? Sein Rad scheint ja immer noch unberührt zu sein."

„Nö, soll er doch verschlafen, dann haben wir es leichter." sagte Neidhart grinsend. Daraufhin machte er sich auf den Weg zum Kanal. Keith Knight und der italienische Profi Carlos Girotti wunderten sich ebenfalls über Colemans Nichterscheinen.

„Hey Keith, teilst du nicht mit ihm ein Zimmer? Hättest ihn ruhig wecken können. So schafft man sich auch die Konkurrenz vom Hals, was?", scherzte Girotti.

„Wir teilen uns kein Zimmer, er ist nur in der gleichen Pension abgestiegen. Ich schlafe zwei Zimmer weiter."

„Vielleicht traut er sich nach den Anfeindungen gestern nicht mehr raus", meinte Knight und zuckte mit den Schultern.

Die beiden Pros machten sich nun ebenfalls auf dem Weg zu Start.

Inzwischen hatten auch die Verantwortlichen von Brock Colemans fernbleiben Wind bekommen und liefen aufgeregt auf und ab.

„Verdammter Mist", schimpfte der Veranstalter Felix Walchshöfer, „Wo bleibt er nur? Ich kann ihn auch nicht erreichen, sein Handy ist aus!"

Seine Mutter Alice versuchte ihn zu beruhigen. „Keine Sorge, er taucht bestimmt noch auf. Beth Michelle ist auch gerade eben erst angekommen."

„Dein Wort in Gottes Ohr! Ich hoffe er hat eine gute Ausrede parat", brummte Felix.

Alice versuchte die Pension Baumgartner, in der Coleman abstieg, telefonisch zu erreichen.

„Geht keiner ran und Brocks Handy ist immer noch ausgeschaltet! Frau Baumgartner hat ja selbst schon früh das Haus verlassen um sich auf der Brücke einen guten Platz zu sichern. Die Gute, seit zwanzig Jahren beherbergt sie nun schon umsonst die Athleten."

Brock Coleman meldete sich nicht mehr.

Pünktlich um sechs Uhr dreißig erfolgte mit einem ohrenbetäubenden Knall der Startschuss.

Walter fand sich nun auch endlich in der Wechselzone ein. Er hatte ein wenig zu ausgiebig gefrühstückt und musste sich nun beeilen. Walter startete bereits in der zweiten Startgruppe, da er sich zusätzlich noch zur Deutschen Meisterschaft gemeldet hat. Diese starten zusammen mit den Teilnehmern der Weltmeisterschaft der Feuerwehrmänner um fünf vor sieben. Walter hechtete zu seinem Fahrrad, welches er am Vortag deportiert hatte. Die Oberarmbeschriftung ließ er ausfallen. Dazu fehlte ihm heute schlichtweg die Zeit. Mit Schwung befreite er seinen Renner von der

Plane und richtete nochmals alles zurecht. Die Reifen wurden noch schnell überprüft, der Tacho abermals genullt (was sollte sich nur über Nacht großartig ändern?), der Helm und das Startnummernband erneut zurechtgelegt. Den obligatorischen Gang auf die Toilette musste auch diesmal sein, hierfür musste er sich auch noch Zeit nehmen. Zeit die er auch brauchte um sich in den Neoprenanzug zu quetschen. Den Kälteschutzanzug, der auch als Schwimmhilfe dient, anzuziehen empfand er stets als eine lästige Prozedur. Nachdem Walter seinen Nacken, den Halsbereich sowie die Hand- und Fußgelenke mit Melkfett eingecremt hatte, streifte er den hautengen Neo über die Beine und zog ihn hoch bis zur Hüfte. Er entschied sich für seine dichte Schwimmbrille. Dass diese drückte, wollte er heute hinnehmen. Die andere packte er in den Beutel zurück. Plötzlich fiel ihm auf dass er ja seinen Beutel noch mit dabei hatte. Walter sprintete gleich los und ordnete seinen Beutel seiner Startnummer zu.

„Jetzt müssen sie sich aber langsam beeilen", wurde er von einer älteren Helferin angesprochen, „In sieben Minuten ist ihr Start!"

„Ich weiß!", rief Walter noch und schnappte seine Schwimmbrille und die Mütze aus dem letzten Kleiderbeutel in dem er seine Sachen für vor und nach dem Rennen ablegte. Auf dem Weg zum Starteinstieg warf er den Beutel zwei jungen Mädchen zu, die die Säcke im LKW verstauten. Mit diesem wurden sie dann später zurück nach Roth gebracht, wo diese dann direkt nach dem Zieleinlauf wieder abgeholt werden konnten.

„Hier, passt schön auf drauf!", rief er ihnen zu. Verdutzt schauten beide Walter nach. Dieser durfte sich nun quer durch die langen Schlangen an den Dixi Klos durchkämpfen. Als er endlich durch war, schnaufte er tief durch denn der Duft der Toiletten drang ihm zuvor übel in die Nase. Vor ihm warteten schon die Athleten mit den gelben Bademützen um ins Wasser gehen zu dürfen.

„T'schuldigung… Darf ich mal durch… Vorsicht… Danke!"
Walter erreichte endlich das Startareal.

„Zieh dich doch mal ganz an!", rief ihm ein großer, kräftiger Athlet zu.

Walter hatte in der Hektik ganz vergessen seinen Neoprenanzug auch über den Oberkörper zu ziehen und schlüpfte hektisch in die Ärmel.

„Verdammt, das nächste Mal lege ich mir einen ärmellosen zu!"

Der große Athlet half Walter beim Schließen des Reißverschlusses. Beide trabten vorsichtig über die glitschigen Steine am Ufer des Main-Donau-Kanals und sprangen in die Fluten.

„Fünf, vier, drei, zwei, eins!", zählte der Rennsprecher den Countdown ab und da ertönte auch schon der zweite krachende Startschuss und unter tosendem Lärm und Jubel machte sich die nächste Gruppe auf dem Weg, der für viele Athleten erst nach zwölf, dreizehn oder vierzehn Stunden enden sollte.

„Hallo Felix! Da haben wir heute aber einen schönen Tag für den Wettkampf bekommen."

Felix blickte über die Schulter um zu sehen wer ihn da angesprochen hatte. Als er die Pensionsbetreiberin erkannte wandte er sich ihr gleich zu. „Frau Baumgartner! Gut dass sie hier sind! Wissen sie was mit Coleman los ist? Er ist nicht zum Start erschienen!"

„Der Amerikaner? Der hat den Weckdienst nicht in Anspruch genommen. Und ich habe heute Morgen die Pension schon sehr früh verlassen."

Felix Stimmung besserte sich nicht. „Ich kann hier leider nicht weg, aber macht es ihnen was aus zusammen mit meiner Mutter nachzusehen was mit ihm los ist?"

„Natürlich, kommen sie nur, Alice."

Felix` Mutter machte sich zusammen mit Iris Baumgartner auf dem Weg zur Pension in Hilpoltstein.

Erregt schritt Felix, der inzwischen nach Roth zurück gefahren war, das Zielgelände auf und ab. Noch war es dort still, die ersten Finisher sollten erst Stunden später eintreffen.

„Verdammt, warum meldet sie sich nicht. Dieser Coleman ist zum ersten und auch zum letzten Mal verpflichtet worden. Sack Zement!"

Das Läuten seines Handys erlöste ihn von der quälenden und ungewissen Warterei.

„Ja? Was ist nun los?"

„Felix, es war schrecklich!", rief seine Mutter ganz aufgelöst in den Hörer, „Coleman lag tot in seinem Bett. Erschlagen!"

Felix erbleichte. „Oh mein Gott! Hast du die Polizei gerufen?"

„Ja, die Kripo kam sofort hierher und ist nun auch auf dem Weg zu dir nach Roth. Frau Baumgartner erlitt einen Schock und brauchte einen Arzt. Mittlerweile geht es ihr aber schon wieder ein wenig besser. Ihre Tochter ist nun bei ihr."

Felix versuchte Haltung zu bewahren. „Ich kann das nicht glauben. Verdammt, wer macht denn so was und warum?!"

„Das will die Polizei auch gern wissen. Ich fahre auch gleich los, weil die Kripo sicher gleich da ist Bis gleich!"

Zitternd legte Felix auf und steckte das Handy weg. Einige Minuten später traf auch schon ein unscheinbarer, silberner fünfer BMW auf dem Gelände ein. Aus diesem stiegen zwei etwas fülligere Herren, diese waren ebenso wie der Wagen, ganz in Zivil. Einer der beiden kam auch gleich auf zu und drückte ihm fest die Hand.

„Kriminalpolizei Nürnberg, Moosgruber mein Name!"

„Guten Tag!"

„Ich nehme an, ich habe ich die Ehre mit Herrn Felix Walchshöfer, Rennleiter der Challenge Roth?"

„In Person!'' antwortete Felix.

„Ich hätte da einige Fragen bezüglich der Ermordung von Brock Coleman. Wie lange kannten sie ihn schon und können sie sich vorstellen wer wohl Interesse an seinem Tod haben könnte?"

„In dieser Hinsicht kann ich ihnen nicht sonderlich weiterhelfen. Wir haben ihn letztes Jahr Ende Oktober verpflichten können, nachdem wir auf seine Leistung bei der Weltmeisterschaft auf Hawaii aufmerksam geworden sind. Persönlich habe ich ihn erst letzte Woche kennengelernt als er hier in Roth eintraf. Seitdem hat er sich nicht viel gezeigt. Nur bei den offiziellen Presseterminen."

„Ist er nicht schon mal hier in Roth am Start gewesen?"

„Ja, aber damals war er noch Amateur und hatte sich ganz normal angemeldet. Dadurch kam ich nicht in Kontakt mit ihm."

Moosgruber brummte vor sich hin. Anscheinend war ihm diese Aussage etwas zu wenig. Er legte nach. „Sagt ihnen der Name Keith Knight etwas?"

„Natürlich, er ist einer unserer Topleute! Er kommt aus England und hat auch in der Baumgartnerischen Pension übernachtet."

Felix stoppte abrupt und starrte Moosgruber mit ernster Miene an.

„Sie glauben doch nicht etwa, er hätte... ich meine, er würde doch nie..."

„Nein", unterbrach ihn Moosgruber „zum Glauben gehe ich in die Kirche, aber ich muss jeder Verbindung nachgehen. Wer ist David Silver?"

„Nie gehört, wohl ein Altersklassenathlet."

„Also ein Amateur? Und sie kennen ihn bestimmt nicht?", hakte Moosgruber nach.

„Nein, wir haben hier jedes Jahr um die viertausend Starter. Wie soll ich die alle persönlich kennen? Der Großteil besteht aus Hobbyathleten, die kommen aus der ganzen Welt hierher."

Moosgruber steckte seinen Notizblock ein und reichte Felix seine Karte. „Lassen sie mir bitte eine vollständige Liste mit allen Teilnehmern zukommen. Ich werde die entsprechenden Namen alle überprüfen lassen. Danke schon mal für ihre Mithilfe. Übrigens, die Ausrüstung, das ganze Gepäck und sein Rad werden von uns bis auf weiteres konfisziert."

„In Ordnung ich werde das veranlassen." Moosgruber reichte ihm die Hand. „Besten Dank und auf Wiedersehen!"

„Alles klar, auf Wiedersehen."

Das Auto setzte zurück und brauste davon. Felix blieb noch stehen und hing seinen Gedanken nach. Ein Mordfall war das letzte was er jetzt gebrauchen konnte.

*

Hunderte von Armpaaren durchpflügten den Main-Donau-Kanal. Mittendrin Walter, der sich mühsam durch die Wellen kämpfte. Er war nie ein großartiger Schwimmer gewesen, dementsprechend ging er die drei Komma acht Kilometer lange Schwimmstrecke sehr verhalten an. Er überholte zwar einige brustschwimmende Mitstreiter, wurde selber aber von den meisten anderen Athleten abgehängt. Seine Schwimmbrille lief bald mit Wasser voll und er sah sich gezwungen kurz inne zu halten um diese zu entleeren. Kurz darauf dasselbe Spiel bis die Brille schließlich dicht am Kopf saß. Inzwischen durfte er etwa tausend Meter geschwommen sein und die Brücke, hinter der der Wendepunkt wartete, war bereits in Sichtweite. Seine Mutter versuchte Walter am Ufer entlang ein wenig zu begleiten und Fotos zu machen. In der Masse war er aber schnell nicht mehr auszumachen und so gab sie schließlich auf. Sie machte sich auf dem Weg zurück zum Schwimmausstieg und versuchte ihn auf dem Weg zur Radstrecke abzufangen.

Walter bemühte sich weiterhin eine einigermaßen gerade Linie zu schwimmen. Im Schwimmbad konnte er sich an der Linie auf dem Beckenboden orientieren. Die hatte er hier im Kanal natürlich nicht. Er war im Training auch nur einmal im See geschwommen. Walter scheute den Aufwand, er hatte im freien niemanden dabei, der auf seine Sachen achtgab und da er akribisch alle seine Trainingseinheiten abends in seinem Trainingstagebuch aufschrieb, will er stets die genaue Kilometerzahl eintragen und sie nicht schätzen müssen. Auch sein Schwimmstil machte ihm ein wenig Sorgen. Er atmete heute nach jedem Kraulzug wieder ein, im Training schwamm er nur mit der Dreieratmung. Wieso trainiere ich im Schwimmbad so viel und oft wenn ich doch im Wettkampf das wenigste davon umsetze, dachte er. Nein, Walter war kein guter Schwimmer, ist vor Aufnahme des Triathlontrainings das letzte Mal in seiner Kindheit, im Schwimmunterricht geschwommen. Und das auch mehr schlecht als recht. Während seine Klassenkameraden damals schon waghalsige Sprünge ins kühle Nass wagten und selbstsicher ihre Bahnen zogen, zog Timo es vor im seichten Wasser zu verweilen und den anderen lieber zuzusehen.

Die Arme begannen nun nach den ersten tausend Metern zu schmerzen. Er fühlte sich in seinem Neoprenanzug eingeengt und wünschte sich erneut, er hätte auf ein ärmelloses Modell zurückgegriffen. Sein Anzug war ja sowieso schon hinüber. Vielleicht, so dachte er, lege ich mir für die kommende Saison gleich so einen zu. Ob der Riss in seinem Ärmel überhaupt noch zu reparieren war? Er ärgerte sich wieder über seine Unachtsamkeit. Ob man vielleicht aus seinem Neo einen ärmellosen schneidern kann? Walter schossen unzählige Gedanken durch den Kopf. Wie war das schwimmen doch eintönig. Die Brücke scheint nun nicht näher gekommen zu sein. Dafür die Schwimmer der nächsten Gruppe immer mehr. Hoffentlich gibt das nicht ein ordentliches Geprügel. Er wolle lieber etwas weiter nach rechts ausweichen. Hatte er doch schon Probleme genug. Die Schwimmbrille war doch nicht zu hundert Prozent dicht. Zweimal hatte er sie inzwischen schon geleert, diesmal aber wollte er es aber dabei belassen, solange die Brille nicht ganz voll lief. Und zu drücken begann sie auch noch. Herrschaft, warum habe ich nicht nach einem würdigen Ersatz für meine Lieblingsschwimmbrille gesucht? Diese hatte gepasst wie angegossen. Alle die Walter danach kaufte waren nicht so das Gelbe vom Ei. Hin und wieder erspähte er einen Zuschauer am Ufer. Einige klatschten aufmunternd. Da, war da ein Mitleid zu erkennen? Eine gute Figur mache ich hier im Wasser sicherlich nicht, dachte er, aber zum Glück kennt man mich hier nicht. Die Arme meldeten sich erneut. Das kann doch nur vom Anzug kommen. Im Training hatte er das nie. Allerdings war er im Schwimmbad auch nur höchstens dreitausend Meter am Stück geschwommen. Sollte dies doch zu wenig gewesen sein? Aber im Bad ist es noch langweiliger als hier. Von den dreitausend Metern war er allerdings sowieso noch weit entfernt. Noch nicht mal die Hälfte war geschafft. Auch wenn die Brücke schon ein ganz klein wenig näher gekommen ist. Ein wenig Abwechslung war jetzt geboten, denn die nächste Gruppe erreichte Walter und überholte ihn sogleich. Das Wasser schlug Wellen und er flüchtete noch weiter in Richtung Ufer. Sollen sie doch zügig vorbei ziehen. Dann hatte er erstmal wieder Ruhe um seinen Rhythmus zu finden. Walter blickte sich um. Wenigstens war er nicht ganz der letzte. Hinter im dümpelten ein paar Brustschwimmer her. Der Abstand wuchs zwar, aber nur sehr langsam. Etwa auf gleicher Höhe entdeckte er einen Mitschwimmer, ebenfalls in blauer Bademütze, mit dem er schon eine Weile zusammen schwamm. Dieser legte sich dann und wann auf den Rücken und machte so einige Meter gut. Merkwürdige Art die drei Komma acht Kilometer durch zustehen. Aber bei ihm lief es ja auch nicht viel besser. Immer wieder machten sich die Arme bemerkbar. Das Loch im Neo riss zum Glück aber nicht weiter ein. Das war schon mal gut. Walter versuchte das Tempo ein wenig zu forcieren, lies aber gleich wieder von der Idee ab, nachdem sich die Schmerzen in seinen Armen wieder meldeten. Ein Krampf war das letzte was er jetzt gebrauchen könnte. Wie lange mochte er wohl schon unterwegs sein? Und wie viel Meter hatte er schon hinter sich? Walter hatte keine Ahnung. Das kommt davon wenn man den Streckenplan vorher nicht ausgiebig studiert hat. Der Wendepunkt war nun nur noch etwa hundert Meter entfernt. Die große gelbe Boje konnte er bereits erkennen. Und das Ganze dann noch mal? Kein tröstender Gedanke. Walter versuchte sich ein wenig abzulenken. Wie würde der restliche Wettkampf für ihn laufen? Das Radfahren brachte auch noch einige Ungewissheit. Hoffentlich würde es nicht zu heiß werden. Wohl eher nicht, denn am Himmel braute sich wohl was zusammen. Auf den Marathonlauf freute er sich schon. Das Laufen war seine Lieblingsdisziplin. Walter hatte schon einige Marathonläufe auf dem Buckel. Nein, sobald er auf die Laufstrecke wechselte dürfte er keine Probleme mehr kriegen. Dann ist Roth schon so gut wie gefinisht. Dieser Gedanke gab ihm einen zusätzlichen Motivationsschub. Noch dazu erreichte er endlich die Brücke. Er nahm einige Zuschauer, die die Schwimmer von oben herab anfeuerten, wahr. Ob wohl Mutter darunter ist? Was mochte sie wohl gerade machen?

Die Tops hatten inzwischen längst das Wasser verlassen. Walter viel ein Stein vom Herzen, er hatte die Brücke endlich passiert, die Wendeboje umschwommen und befand sich nun auf dem Weg zurück. Noch nicht ganz die Hälfte, aber immerhin ging es wieder heimwärts. Mit einem Blick nach Links konnte er die Schwimmer hinter ihm sehen. Oha, war etwa schon wieder die nächste Gruppe dabei zu ihm aufzuschließen? Verzweifelt fragte er sich ob er nun wirklich so schlecht schwamm. Schneller ging nicht, nicht nur aufgrund seiner mangelhaften Schwimmtechnik, sondern auch wegen seinen schmerzenden Armen. Hoffentlich halten diese die ganze Strecke noch einigermaßen durch. Die Wechselzone war noch nicht zu erkennen. Die Schwimmbrille drückte wieder wie verrückt und Walter kam nicht drum herum sie zu leeren. Gut dass der Neo so gut trägt, so konnte er beide Hände fürs entleeren benutzen. Mittlerweile begann es zu nieseln. Hoffentlich zieht das schlechte Wetter nur vorbei. Ihm reichte noch die Mitteldistanz in Kulmbach letztes Jahr, als es erst beim Laufen zu regnen aufhörte. Auf eine erneute Regenschlacht hatte er keine Lust. Und schon gar nicht auf die eine ganze Woche mit Halsweh und einer laufenden Nase. Vereinzelt gelang es Walter nun einige Schwimmer einzuholen die anfangs überzockt hatten. Wenigstens, dachte er, schwimme ich einen gleichmäßigen Rhythmus. Dennoch hatte er langsam genug vom Wasser. Er war schon ganz scharf auf die Radstrecke. Vor allem auf den legendären Solarer Berg freute er sich schon. Ob der Kult um diesen Abschnitt berechtigt ist? Unbewusst zog Walter das Tempo an und seine beiden Arme quittierten dies mit einem stechenden Schmerz. Er war wieder gezwungen langsamer zu machen. Für das nächste Mal wollte er öfter in das Hallenbad fahren. Scheinbar war zweimal die Woche doch ein bisschen zu wenig. Dies hatte er nun davon. Aber er hatte auch zwanzig Kilometer zur Halle zu fahren. Der Schwimmteil war ja sowieso nicht so wichtig. Die meiste Zeit wird auf dem Rad und beim Laufen gemacht. Langsam aber sicher kam auch schon die nächste Brücke in Sicht. Er befand sich nun bereits eine gefühlte Stunde im Wasser. So lange dürfte es aber nun doch nicht sein. Ob es hier auch Fische gibt? Die Sicht war sehr schlecht.

34

Hin und wieder verfing sich ein Pflanzenstück an seinem Arm oder auch im Gesicht. Er schwamm wohl zu nah am Ufer entlang und dreht nach links ab um weiter in die Mitte zu kommen. Die Ideallinie schwamm er sowieso nicht. Wenn er mit einem Blick nach vorne seine Richtung kontrollierte, befand er sich selten auf direktem Weg. Von daher entschloss er öfter mal nach vorne zu blicken um den Kurz zeitig korrigieren zu können. Viele endlose Meter später erreichte er schließlich die zweite Wendeboje. Nun ging es ein paar Meter wieder zurück, in Richtung rettendes Ufer. Jetzt schienen die Schmerzen fast schon vergessen, was solle denn auch noch passieren? Selbst ein Krampf würde ihn jetzt nicht mehr aufhalten können.

Endlich spürte er festen Boden unter den Füssen, ein kräftiger Helfer reichte Walter die Hand um ihm aus dem Wasser zu helfen. Walter entstieg dem Kanal und war froh und sichtlich erleichtert den für ihn schwierigsten Part überstanden zu haben. Er zog an der Reißleine seines Neos und öffnete ihn. Auf dem Weg zu seinem Wechselbeutel zog er den Anzug von seinen Armen und rollte ihn bis zur Hüfte. Weiter war laut Reglement verboten. Wo liegt denn der verdammte Beutel nur wieder, schimpfte er innerlich. Da erblickte er ihn auch gleich und griff ihn beim vorbei laufen auf. Im Umkleidezelt herrschte schon reges Treiben und mit Mühe ergatterte er noch einen kleinen Platz auf einer der Bierbänke und setzte sich. Sofort war eine der vielen Helferinnen bei ihm und bot ihre Hilfe an. Sie half ihm den Neoprenanzug von den Füssen zu streifen. Walter trocknete sich notdürftig ab und schlüpfte in seine bereitgelegten Socken und in die Radschuhe. Die Helferin cremte ihn noch schnell mit Sonnencreme ein. Schließlich war trotz des zwischenzeitlichen Regens ein sehr heißer und vor allem langer Tag vorhergesagt. Das nette Mädchen nahm seinen Beutel an sich während Walter das Zelt eiligst wieder verließ, allerdings nicht ohne sich vorher noch zu bedanken. Angebotene Getränke und Bananenstücke schlug er aus. Er wollte nur schnell auf das Rad wechseln. Dieses hatte er schnell gefunden, denn ringsum waren schon fast alle Räder weg. Vielleicht war es doch keine so gute Idee gleich für die deutsche Meisterschaft zu melden. Am Rad setzte er die Sonnenbrille auf, die Sonne schien zwar nicht, aber er benötigte sie auch als Sehhilfe, streifte sich das Startnummernband über und setzte seinen Helm auf. Geschickt zog er seinen Renner aus der Halterung und schob ihn aus der Wechselzone raus bis hin zur weißen Haltelinie. Ab dort durfte er aufsteigen und trat auch gleich unter großem Getöse der Zuschauer, kräftig in die Pedale.

*

Soeben aus Roth zurückgekommen, nahm Max Moosgruber wieder an seinem Schreibtisch Platz. Sein Büro auf dem Nürnberger Revier hatte er sich gemütlich eingerichtet. Als er vor fünfzehn Jahren von Regensburg nach Franken versetzt wurde, lies er das alte Mobiliar seines Vorgängers, der sich in den Ruhestand verabschiedete, entfernen und richtete es nach seinem Geschmack ein. Moosgruber ließ fast die ganzen Wände mit rustikalen, dunkelbraunen Regalen und Schränke zustellen. Hierin bewahrte er neben den Polizeiakten auch seine private Krimisammlung auf, die ihn, wie er stets betonte, in verzwickten Fällen oftmals auf die richtige Spur gebracht hatten. Manche seiner Kollegen riefen ihn von daher auch spaßeshalber Sherlock Moosgruber.

An den wenigen freien Plätzen an der Wand, hängte er Bilder seinen Lieblingsmalers Van Gogh auf. Natürlich nur Repliken, die Originale bewunderte er lieber auf seinen Erkundigungen durch die Museen, die er in verschiedenen Städten gerne besuchte. Gerne erinnerte er sich an einen Fall vor einigen Jahren, der ihn bis nach Paris führte. Dort nahm er sich noch die Zeit das Louvre zu besuchen.

Nun saß er gedankenverloren auf seinem schwarzen Ledersessel und machte sich stichpunktartige Notizen über den aktuellen Fall in Roth. Wer könnte als Täter in Frage kommen? Was für ein Motiv könnte er haben? Und wie zum Teufel hatte er sich unbemerkt in die

Pension geschlichen? Oder war der Täter doch unter den anderen Pensionsgästen zu suchen? Diese Liste müsste er auf jeden Fall zuerst abarbeiten. Vielleicht ist der Fall gar nicht so verzwickt und löst sich bei den Befragungen plötzlich von ganz alleine. Vor allem was er so über William Helmsley, dem ärgsten Konkurrenten hörte.

Es klopfte.

„Herein!", rief Moosgruber und sogleich trat Regina Götz, die Bürohilfe, ein.

„Entschuldigen sie die Störung, Herr Moosgruber."

„Kein Problem. Haben sie den Schöninger erreicht?"

„Leider nein. Aber der Kollege Schindler hat mir erzählt dass der Walter, ich meine Herr Schöninger, sich sowieso gerade in Roth aufhält."

„Na Prima", sagte Moosgruber erhob sich aus dem Sessel griff nach seinem Hut. „So pflichtbewusst habe ich ihn gar nicht eingeschätzt."

„Nein, Chef, das ist er mit Verlaub auch nicht. Er nimmt gerade an diesem großen Triathlon teil."

Moosgruber plumpste zurück in den Sessel. „Na toll."

*

Beide Straßenseiten waren von Zuschauern gesäumt und diese feuerten die Athleten kräftig an. Die nassen Haare klebten Walter im Nacken und im Gesicht. Die Schmerzen in den Oberarmen und in den Schultern schienen wie weggeblasen. Er trat in die Pedale als wäre er nicht schon drei Komma acht Kilometer geschwommen, sondern als ob er gerade erst vom Frühstückstisch aufgestanden wäre. Die Zuschauern puschten in regelrecht. Wenn das die ganze Zeit so geht, dachte er, dann ist es ein leichtes das Ding zu finishen. Doch er mäßigte sich ein wenig, die einhundertachtzig Kilometer können lang

37

werden. Sehr lang. Er versuchte etwa einen Schnitt von zweiunddreißig Stundenkilometern zu halten. Walter begann schon frühzeitig zu trinken und zu essen. Jetzt erst bemerkte er wie hungrig er doch eigentlich war. Nach dem Schwimmen verspürte er gewöhnlicher weise immer Hunger. So führten manche Heimfahrten vom Schwimmtraining bei McDonalds vorbei um sich an ein paar deftigen Burgern zu laben. Man muss sich auch mal belohnen, war seine Devise. Und was für einen Weltmeister recht ist, kann für unsereiner nur billig sein. Heute musste er sich allerdings mit einer gänzlich anderen Nahrung zufrieden geben. Er kaute angewidert an seinem Energieriegel mit Schokolasur. Dazu trank er etwas Leitungswasser aus seiner Trinkflasche. Walter freute sich schon tierisch auf die Tage danach, dann wollte er ohne schlechtes Gewissen den Bauch voll schlagen. Wo er Döner, Pizza und Burger doch so liebte. Nur das Wetter wollte ihm nicht sonderlich gefallen. Es schüttete zwischenzeitlich wie aus Eimern und die Kurven gerieten zur gefährlichen Rutschpartie. Er trainierte nur selten im Regen. Das Laufen war kein Problem, das machte er meistens bei schlechtem Wetter. Oder er ging ins Schwimmbad. Aber auf dem Rad saß er nur bei Sonnenschein. Nicht dass er ein Warmduscher wäre, nein, das sicher nicht. Aber er wollte sich das mühsame Reinigen seines Fahrrades ersparen. Und auch die Kleidung müsste sofort wieder in die Wäsche, da sich das Spritzwasser über den ganzen Rücken bis hin zum Genick verteilte.

Nach kurzer Fahrzeit erreichte er bereits Eckersmühlen. Dort erwartete ihn die berühmte Eckersmühler Biermeile. Hier saß das halbe Dorf auf Bierbänken und Tischen und feuerte die vorbeifahrenden Triathleten lautstark an. Wie es der Name auch schon verrät, wurde hier auch kräftig Bier getrunken. Die Biermeile war in den Farben Rot und Weiß geschmückt, den Farben der Challenge. Ein Moderator heizte die Stimmung mit flotten Sprüchen und Musik zusätzlich an. Walter überlegte sich ob er nicht mal das Rennen von der anderen Seite erleben sollte. Als Zuschauer in Eckersmühlen. Oder am Solarer Berg. Auf diesen war er schon sehr neugierig. Wie würde er wohl sein, der Mythos Solarer Berg? Die Anwohner riefen seinen Namen. Diesen lasen sie von seiner Startnummer ab. Walter winkte den Zuschauern zu. Er fühlte sich stolz. Stolz Teil dieses weltberühmten Rennes sein zu dürfen. Er fühlte sich fast wie ein Star, so wie er hier empfangen wurde.

Es folgte alsbald die erste Verpflegungsstelle. Walter nahm eine Flasche Iso auf. Er nahm im vornherein obwohl er drei unterbrachte, bewusste nur eine Flasche Wasser mit, da er wusste, er würde auf der Strecke mit allem versorgt werden. Außerdem konnte er so zwei zusätzliche Trinkflaschen als Souvenir abstauben. Walter lies sich auch eine Banane reichen. Die nahm er auch auf seinen langen Trainingsfahrten mit.

Nach etwa sechs Kilometern erreichte er Wallesau, als es nun zusätzlich leicht zu Hageln begann. Die Hagelkörner schmerzten beim Aufprall auf seiner fast nackten Haut. Ein lauter Donnerknall lies ihn hochschrecken. Irgendwo in der Ferne bildete er sich ein einen Blitz gesehen zu haben. Das Wetter vertrieb wohl auch die Zuschauer, denn in Heideck waren nur noch wenige Fans anwesend, die die Straßen säumten. Diese wenigen aber machten einen Lärm wie dutzende weitere. Am Ortsende wartete bereits der Selingstädter Berg. Nein, der Berg stellte kein Problem dar, lärmende Zuschauer mit Regenschirmen bewaffnet und die laute nach vorn peitschende Musik, trieben Walter beinahe von selbst den Berg hinauf. Man merkt, die Leute hier hatten Freude an "ihrem" Triathlon. Die Challenge war das Highlight im Jahr und die Anwohner freuten sich schon Monate vorher auf ihre Party.

Walter musste in den Wiegetritt gehen, tat dies aber mit einem Lächeln im Gesicht. Toll was hier abging. Walter war begeistert. Er fühlte sich wie ein Fahrer der Tour de France. Die nasse Straße bereitete ihm keinerlei Schwierigkeiten. An der Kuppe angekommen holte ihn die raue Wirklichkeit zurück. Er musste ein paar kräftige Schlucke Wasser trinken und ordentlich verschnaufen, denn so ganz ohne war der Berg nun doch nicht. Walters Beine schmerzten, er schaltete nicht wieder hoch und der Regenschauer ließ nach. Der

Niesel jedoch hielt an. Das Gewitter zog zum Glück nur weit entfernt vorüber.

Seine nächste größere Station war nun Thalmässing. Walter war froh sich den Streckenplan eingeprägt zu haben, so konnte er sich auf die nächsten Gegebenheiten einstellen. Wenige Kilometer später begann er zu frösteln. Sollte das nasskalte Wetter doch ihren Tribut fordern? Ein kurzer Blick zum Himmel offenbarte ihm jedoch etwas anderes, denn die Wolken lichteten sich allmählich und die ersten Sonnenstrahlen waren wieder zu sehen. Von einem Hügel herab, erblickte er in weiter Ferne einen Rettungshubschrauber, der links von der Straße auf einem Feld landete und hierbei einen solchen Wind verursachte dass sich die umliegende Flora bog. Als Walter sich der Szene näherte, erkannte er mehrere Menschen auf der Straßenseite laufen. Unter ihnen einige Sanitäter. Als er auch das demolierte Triathlonrad auf dem Boden erspähte, war ihm sofort klar, hier hatte heute wohl jemand die nassen Wege etwas unterschätzt und musste nun dafür büßen. Schade für jeden der sich monatelang für dieses Rennen vorbereitet hatte und nun so tragisch beenden musste. Walter hoffte dass es den Athleten nicht allzu schlimm erwischt hatte.

Als er das Ortschild von Thalmässing erreichte, lies sich die Sonne wieder in ihrer ganzen Pracht blicken und ihre warmen Strahlen spüren. Die nasse Straße trocknete rasend schnell. Es waren bald nur noch wenige große bis mittelgroße Pfützen zu sehen. Demnach genoss Walter die Stimmung in Thalmässing ausgiebig und freute sich ebenso auf das nächste "Etappenziel" in Greding. Greding würde auch die Wende bedeuten. Hier würde seine Reise in den Süden beendet und Walter könnte sich auf den Rückweg nach Eckersmühlen zum Schwimmstart machen, um schließlich die zweite Runde in Angriff zu nehmen. Der Gedanke an eine zweite Runde, das ganze also noch mal zu durchfahren, entzückte ihn nicht sehr, da ihm mittlerweile die sengende Hitze ein wenig zu schaffen mache. Seine Devise lautete nun trinken, trinken und nochmals trinken. Seine Flaschen waren nur noch zu einem Viertel gefüllt. Dies war aber nicht so schlimm, denn kurz nach Greding, dessen Ortseinfahrt er soeben passierte, wartete bereits wieder eine Verpflegungsstation auf ihn und den zahlreichen anderen Startern.

Zuerst hieß es allerdings den Kalvarienberg zu bezwingen. Walter tat sich leichter als gedacht. Mit lautstarker Unterstützung der vielen Zuschauern nahm er es locker mit dem Berg auf. Nach dem Brennpunkt musste er allerdings erneut tief durchatmen und einen kräftigen Schluck aus den Trinkflaschen nehmen. Diese waren nun leer, aber die Aid-Station wartete schon und Walter entsorgte die leeren Flaschen mit einem gekonnten Wurf in einen der großen Müllbehälter, die kurz vor den Verpflegungen aufgestellt wurden um leere Flaschen zu entsorgen. Er ließ sich erneut eine Flasche Wasser und eine mit Iso reichen. Zu seinem bedauern gab es leider noch keine Cola. Die sollte er erst auf der Laufstrecke bekommen. Eine Banane und ein Energieriegel komplettierten seine Verpflegung. Er versuchte seinen Plan beizubehalten, jede halbe Stunde etwas Nahrung zu sich zu nehmen. Sei es in Form von Obst, Riegel oder Gel. Wobei ihm das pappsüße Gel im Laufe des Wettkampfes etwas zuwider wurde.

Sein Weg führte nun über kleinere Ortschaften wie Röckenhofen oder Österberg. Die Ortsdurchfahrten waren ihm willkommene Abwechslungen. Bei Kilometer fünfundvierzig, kurz vor Obermässing, überholte ihn ein großer Pulk. Was soll denn der Scheiß, schimpfte er in sich hinein, sind denn keine Kampfrichter in der Nähe?! Bisher verlief das Rennen in seinen Augen ziemlich fair ab, doch nun fiel ihm zunehmend die Windschattenfahrerei auf. Diese Teilnehmer nutzen den vorher fahrenden Athleten aus um in seinem Windschatten Kraft zu sparen und entsprechend frischer auf die Laufstrecke zu gehen. Walter hörte ein Motorrad heranbrausen. Ein Kampfrichter. Ja. Endlich. Doch das Motorrad fuhr jedoch nach einem flüchtigen Blick auf den Pulk einfach weiter.

„Das kann doch nicht sein, Allmächt'", fluchte er. Walter hatte die Schnauze voll. Er versuchte Gleiches mit gleichem zu vergelten und hängte sich an den Pulk hinten dran. Ein schlechtes Gewissen hatte er schon, war er doch bisher ein Verfechter des fairen Wettkampfes und verdammte alle Drafter. Nein, dachte er, ich bleibe fair. Gerade als er sich von der Gruppe lösen wollte, brauste erneut ein Motorrad heran. Walters Befürchtung bestätigte sich, es war tatsächlich ein Kampfrichter und dieser brummte der gesamten Gruppe eine Zeitstrafe auf. Walter ärgerte sich maßlos. Nun erhielt er eine Zwangspause von zehn Minuten, die er in der nächsten Penalty Box absitzen durfte. Andererseits war er auch heimlich ein wenig froh, über die unverhoffte Pause. Zudem drückte nun auch die Blase. Walter trat ein wenig kräftiger in die Pedale. Er wollte etwas Zeit gut machen, in dem Wissen, er würde sich ja bald wieder erholen können. Kurz nach der Überquerung der Autobahn A neun, erwartete ihn auch schon die Strafbox. Walter stoppte, stieg vom Rad, lies seine Startnummer kennzeichnen und suchte eine bereit stehende mobile Toilette auf. Besetzt. War ja auch kein Wunder, hier warteten bestimmt ein Dutzend Teilnehmer. Durch verschämte Blicke war es dem einen oder anderen anzusehen, dass es ihm zuwider war hier zu sitzen. Sind Windschattenfahrer doch ziemlich unbeliebt. Natürlich sahen sich die übrigen nur als irrtümliches Opfer, die zufällig in diese Lage geraten waren. Walter entleerte sich an einer Baumgruppe. Er ließ sich Zeit, die hatte er ja jetzt. Anschließend nahm er auf einer der aufgestellten Bierbänken platz und massierte seine Schenkel. Er beobachtete etliche Athleten die die Strafbox passierten und wurde doch etwas ungehalten. Wieviel Plätze würde er jetzt wohl verlieren? Die meisten der Teilnehmer würde er nicht mehr einholen können. Er nahm einige große Schlucke aus seiner Wasserflasche. Er musste nicht sparsam sein, ward er doch kurz vor der nächsten Verpflegungsstation. Walter kaute genüsslich an einem Schokoriegel. Den hatte er sich gestern noch gekauft um auch etwas mit Zucker dabei zu haben.

Die Sonne stach jedoch weiterhin unerbärmlich vom Himmel herab. Walter erhielt das Zeichen dass die zehn Minuten um waren. Sofort schoss er los und versuchte eine kleine Aufholjagd zu starten. Diese wurde allerdings gleich von der soeben erreichten Aid Station unterbrochen. Walter lies sich wieder neue Flaschen und auch einen Riegel reichen. Er spürte ein leichtes Knurren im Magen und er wusste, dies war ein sehr schlechtes Zeichen. Einen Einbruch konnte er zu diesem frühen Zeitpunkt ganz und gar nicht gebrauchen. Er versuchte viel zu essen um den anstehen Hungerast zu unterdrücken.

Walter erreichte Eysölden. Hier steppte wieder einmal mehr der Bär und Walter fühlte sich erneut wie beflügelt. Er war nur noch wenige Kilometer vom Solarer Berg entfernt. Auf diesen freute er sich schon seit er auf das Rad gestiegen war. Nicht etwa weil er so gerne am Berg fuhr, sondern weil er schon so viel gehört und gelesen hat vom Mythos Solarer Berg, wo die Zuschauer eng in mehreren Reihen stehen und unermüdlich jeden Teilnehmer nach oben peitschen. Walter versuchte weiterhin seinen Rhythmus zu halten und bloß nicht zu überzocken. Er hatte sowieso schon das dumpfe Gefühl viel zu schnell begonnen zu haben, denn seine Unter- und Oberschenkel machten sich schon ein wenig bemerkbar. Und der Gedanke daran dass er noch nicht mal die erste Runde vollendet hatte und das ganze noch mal fahren musste baute ihn nicht gerade auf.

Walter durchfuhr Tiefenbach. Er kaute angewidert an einem Energieriegel. Was gäbe er jetzt nur für eine saftige Steaksemmel mit Zwiebel. Dazu noch ein kühles Radler. Walter schwelgte in Träumereien vom guten und vor allem ungesunden Essen und ehe er sich versah erreichte er die Ortseinfahrt von Hilpoltstein. Auch hier wurde er von vielen Fans und Schaulustigen stürmisch gefeiert. Kleine Kinder ließen sich abklatschen. Welch ein Fest war das hier. Walter verstand nun warum die Challenge was ganz besonderes für jeden Triathleten war. Er beschloss auch im nächsten Jahr wieder hier zu starten. Sofern er heute tatsächlich finishen würde. Aber daran zweifelte er zu diesem Zeitpunkt noch nicht.

Kurz nach Hilpoltstein wartete er schon auf Walter, der berühmt berüchtigte Solarer Berg. Vom Berg selber erkannte Walter nicht viel, zu viele Zuschauer standen links und rechts an der Straße und machten einen Heidenlärm. Er hatte nur noch etwa einen Meter Platz um zu fahren. Doch das machte Walter nichts aus. Mit einem breiten Grinsen im Gesicht trat er im Wiegetritt den Berg hinauf. Er fühlte sich wie ein Star. Als ob er einer der Profis wäre, für die die Zuschauer kamen.

Aber diese Zuschauer kamen nicht für die Elite. Sie kamen für die breite Masse, eben für Leute wie ihn. Walter vernahm nur noch das laute knarren und rasseln der Ratschen, die von den Sponsoren an die Zuschauer verteilt wurden um für Stimmung zu sorgen. Einige riefen ihm ermunternde Worte zu. Doch diese brauchte er nicht. Er fühlte sich als könnte er Bäume ausreisen.

Walter erreichte die Kuppe und es wurde langsam ruhiger. Eine Verpflegungsstation erwartete die Athleten bereits und Walter zog sich wieder einen Riegel rein. Das war er also der Solarer Berg. Oft kopiert doch nie erreicht. Dieser Brennpunkt war wohl einzigartig in der Triathlonwelt. Walter freute sich nun bereits tierisch auf die zweite Runde. Alle Schmerzen und aufkommende Zweifel waren wie weggeblasen. Seine Gedanken waren nun bei seiner Mutter. Was sie wohl die ganze Zeit über macht? Bestimmt heizt sie der Elite nach und versucht Top Bilder zu schießen. Hoffentlich verpasste sie ihn nicht, zumal sie ja eigentlich auch keine Treffpunkte ausgemacht hatten, da Walter sich überhaupt keinen Zeitplan zurechtgelegt hatte. Auf so einer langen Distanz kann eben so viel passieren. Walter erreichte erneut Eckersmühlen. Die Biermeile war immer noch gut besucht von fröhlichen Zuschauern die es sich weiterhin nicht nehmen ließen, wirklich jeden Starter anzufeuern. Dies bedeute auch gleichzeitig dass er sich nun bereits auf der zweiten Hälfte befand.

Walter versuchte schon Bilanz zu ziehen. "Nur" noch einmal die Radstrecke und dann noch ein wenig laufen. Über das Laufen machte er sich als Marathonläufer keine allzu großen Gedanken. Allerdings schmerzte ihm allmählich der Rücken, so dass er zeitweise aus der liegenden Position raus gehen und aufrecht auf dem Rad sitzen musste. Er fuhr gerne Rad, aber ab einer gewissen Dauer fangen die Schmerzen an und er wäre froh vom Rad herunter zu kommen. Aber ganz so schlimm war es ja noch nicht.

Es ging Richtung Wallesau. Die nächste Steigung hatte es ein wenig in sich. Walter trat beherzt im Wiegetritt in die Pedale. Auf jeden Aufstieg folgt ein Gefälle, ermutigte er sich. Auf der Kuppe angekommen atmete er ein paar Mal kräftig durch und schnappte sich seine Getränkeflasche und trank einen großen Schluck Wasser. Jetzt konnte die Abfahrt beginnen. Einige Mitstreiter sausten schon an ihm vorbei und auch Walter begann hoch zuschalten und zu treten. Mit etwa siebzig Stundenkilometern raste er die Abfahrt hinab. Die zweite Runde war nun weniger spannend, denn er wusste nun was ihn jetzt erwartete. Er checkte den Tacho. Er fuhr eine Durchschnittsgeschwindigkeit von etwa dreiunddreißig Kilometern pro Stunde. Schöninger war zufrieden. Hoffentlich würde er den Schnitt halten können, denn es fiel ihm nun nicht mehr ganz so leicht zu treten.

Nach hundertsechs Kilometern erreichte er wieder den Selingstädter Berg. Dieser war nach wie vor ein heißes Pflaster. Auch wenn es Walter nun deutlich schwerer fiel, so lies er sich doch wieder vom Publikum treiben und quälte sich den Anstieg hoch. Allerdings war er auch sehr froh als es später wieder ruhiger wurde. Er brauchte nun etwas Zeit für sich. Er rechnete ein wenig nach. Er hatte noch etwa siebzig Kilometer zu fahren. Dazu würde er noch etwas mehr als zwei Stunden brauchen. Eher etwas mehr, fiel es ihm doch schon sehr viel schwerer den Schnitt auf über dreißig zu halten. Bloß nicht überzocken, es steht ja immerhin noch ein ganzer Marathon an. Und der muss auch erstmal gelaufen werden. Walter überkam das Gefühl ob er nicht etwa schon viel zu schnell begonnen hatte. Nein, er war sich sicher. Das war alles viel zu schnell und nun durfte er dem Tribut zollen.

Er versuchte mit seinen Kräften hauszuhalten. Dies konnte er bereits nach einhundertvierundzwanzig Kilometern am Gredinger Berg unter Beweis stellen. Die Zuschauer machten Lärm, klatschten und schrien seinen Namen. Doch Walter blendete dieses Szenario aus. Er wollte nur noch für sich sein. Es überkam ihn wieder der Hunger. Welch schlechtes Zeichen. Er kaute an seinem letzten Energieriegel. Zu seinem Glück befand sich gleich kurz nach dem Stimmungsnest eine Aid Station. Walter wusste allerdings, wenn der Hunger erstmal da war, dann war es sowieso zu spät. Von daher wollte er den Schaden begrenzen und ließ sich neben dem Riegel und Gels noch eine Banane reichen. Das süße Zeug konnte er nun wirklich nicht mehr sehen.

Beim nächsten Mal, so schwor er sich, würde er ein paar deftige Wurstsemmeln mitnehmen.

Bei Kilometer hundertdreiunddreißig in Obermässing überschlug er noch mal in Gedanken die zu erwartende Fahrzeit. Es lagen nun noch etwa siebenundvierzig Kilometer vor ihm. Im Training ein Klacks. Aber heute eine Herkulesaufgabe. Etwas über eineinhalb Stunden. Walter hatte weiterhin Rückenschmerzen. Ob er doch ein paar lange Ausfahrten zu wenig gemacht hatte? Er freute sich über jede Abfahrt. Dann stoppte er sofort mit dem Treten und versuchte seine Beine ein wenig zu erholen. Er schimpfte vor sich hin. Wie konnte er sich nur so eine närrische Distanz antun. Das ist doch wirklich nur was für Freaks und harte Hunde. Er hatte hier nichts zu suchen. Dreizehn lange, sehr lange, Kilometer später erreichte er wieder eine Verpflegungsstelle. Wie gerne würde er nun vom Rad steigen, sich hinsetzen und in Ruhe essen und trinken und einfach entspannen. Aber er wusste auch, es war nicht mehr allzu weit ins Ziel. Und so trat er tapfer weiter. An den Cut Off Zeiten gemessen, könnte er allerdings ruhig eine größere Pause einlegen. Aber er hatte ja immer noch seinen Ehrgeiz und der erlaubte es ihm natürlich nicht sich "nur" mit dem finishen zufrieden zu geben. Er war ja noch auf einem guten Weg zu einer Zeit unter elfeinhalb Stunden.

Der Solarer Berg war auch nicht mehr allzu weit. Walter konnte aber den Schnitt nicht mehr halten. Er schaltete einen Gang runter und versuchte sooft wie Möglich seine Beine für das Laufen zu schonen. Daher freute er sich über jede noch so kleine Abfahrt, die er einfach nur so von der Schwerkraft getrieben hinab rollte. Sollten doch die anderen denken was sie wollten, dachte er sich als ihn einige überholende Teilnehmer verwundert musterten. Walter war mit seinen Kräften ziemlich am Ende. Er konnte nicht mehr. Am liebsten hätte er sich samt dem Rad in den nächsten Graben fallen lassen und geschlafen. Er rechnete noch mal nach. Noch dreiunddreißig Kilometer. Herrschaft, schimpfte er in sich hinein, das ist doch nur genauso lang wie meine Sprintrunde Zuhause. Walter freute sich über jeden Kilometer den er gut machen konnte. Ein Athlet, von hinten kommend, versuchte Walter aufzumuntern.

„Gleich hast du es geschafft und der Solarer Berg ist auch nicht mehr weit!"

„Ja, danke. Das wird schon."

„Viel Glück noch!"

Der Athlet fuhr weiter. Walter konnte ihm nicht folgen. Wenig später war er gleich aus Walters Blick verschwunden. Aber er erreichte alsbald Hilpoltstein, was ihn wieder aufmunterte. Das Ziel war nun nicht mehr weit. In der Stadt selbst schämte sich Walter ein wenig den Zuschauern gegenüber. Er, ein Triathlet, mehrfacher Marathon Finisher und heute Teilnehmer des größten Langdistanzrennens der Welt, kroch mit etwa fünfundzwanzig Stundenkilometern an den Brennpunkten vorbei. Aber so sehr Walter sich auch bemühte, es war nicht mehr drin. Zudem verhinderten seine Rückenschmerzen eine aerodynamisch günstige Position, da er möglichst aufrecht auf dem Rad sitzen musste um den Schmerzen entgegen zu wirken. Der Solarer Berg war nah. Walter war schleierhaft wie er den hinauf fahren können sollte. Er verließ sich auf das Publikum.

Doch dann kam die Ernüchterung. Es waren bei weitem nicht mehr die Menschenmassen wie noch auf der ersten Runde. War ja klar. Wer will sich schon das Elend und Leid im hinteren Feld ansehen. Die Profis befanden sich ja alle längst auf der Marathonstrecke. Vielleicht hat es viele Zuschauer auch dorthin gezogen. Natürlich will jeder beim Zieleinlauf des Ersten dabei sein. Vielleicht auch noch bei einer Zeit unter Acht Stunden oder gar einer neuen Weltbestzeit. Roth ist für manche Überraschung und Rekorde gut. Der Berg kam Walter wesentlich steiler vor als noch in der ersten Runde. Er schwankte. Versuchte sich im Wiegetritt, kehrte wieder in den Sattel zurück und stand wieder auf. Ein paar vereinzelte Fans applaudierten ihm. Wohl eher aus Mitleid. Er kämpfte. Bald hatte er den Anstieg doch geschafft und freute sich über die Aid-Station. Er lies sich eine neue Flasche Iso reichen. Wasser hatte er noch genug. Doch was sollte er nur essen. Ihm wurde eine große Scheibe Orange gereicht. Walter nahm diese und saugte sie genüsslich aus. Die Auswahl war nicht groß und Walter lies sich doch auch noch einen Riegel reichen. Es gab noch einmal Wasser. Walter ließ eine Flasche reichen um fast den gesamten Inhalt über seinen Kopf, seine Schultern und seine Beine zu gießen. Welch willkommene Erfrischung nachdem das Thermometer nun auf einunddreißig Grad Celsius gestiegen war.

Bald erreichte Walter wieder den Startpunkt. Das Stückchen nach Eckersmühlen absolvierte er nun bereits ein drittes Mal. Doch nun durfte er endlich tun, was ihm auf den ersten beiden Runden verwehrt blieb. Er durfte die Abzweigung nach Roth einfahren. Endlich wieder nach Roth. Wo das Ziel wartete. Wo er endlich mit dem laufen anfangen könnte. Das Laufen. Ja, Walter graute es. Er stellte sich bereits auf eine lange Wanderschaft ein.

Die letzten zehn Kilometer kamen ihm wie dreißig vor. Er fuhr nun immer wieder mal freihändig um sich zu strecken. Dieser Rücken. Und der Hintern wollte auch nicht mehr so ganz, was Walter zwang auch mal in den Wiegetritt zu gehen. Da erspähte er endlich das gelbe Ortsschild von Roth. Walter war glücklich und hatte plötzlich wieder Kraft um die letzten Kilometer abzureißen und um vor dem Publikum zu posen. Diese waren nun wieder zahlreich vertreten und bejubelten ihn lautstark. Walter entschied die letzten achthundert Meter nur noch rollen zu lassen. Da reifte in ihm ein fataler Gedanke. Er plante nun bereits auf dem Rad die Schuhe auszuziehen um in der Wechselzone Zeit zu sparen. Er wollte die Schuhe an den Pedalen eingeklickt lassen und die Fahrt fortsetzen, indem er seine Füße auf die Schuhe absetze. Auch um zu verhindern dass einer der Schuhe nach unten kippte und an der Straße schleifte. Walter hatte dies noch nie zuvor geübt, so hatte er beim rechten Schuh so seine Probleme die Balance zu halten. Letztendlich meisterte er dies aber dennoch und setzte seine Fahrt fort. Das Rad verlor allerdings an Fahrt und Walter sah sich gezwungen doch nun zu treten. Er schaltete. Ein Klicken und die Kette sprang nicht auf das nächste Ritzel, sondern ins leere.

„Scheißdreck", schimpfte er vor sich hin. Er überlegte wie er die Fahrt fortsetzen sollte. Er befand sich gerade inmitten einiger Hundert

Zuschauer. Walter beschloss abzusteigen und die Kette wieder einzufädeln. Dies gelang ihm sogleich, allerdings durfte er nun seine Radschuhe wieder anziehen, was ihm zusätzlich noch Zeit kostete. Walter war sauer. Hätte er ins Ziel schieben sollen? Nein, lieber mit Würde und Anstand. Eine weiße Markierung zeigte das Ende der einhundertachtzig Radkilometern an und Walter stieg erleichtert vom Rad. Ein herbeieilender Helfer nahm ihm dieses sogleich ab.

*

Max Moosgruber befuhr mit seinem Dienstwagen die Autobahn Richtung Nürnberg und telefonierte via Freisprechanlage mit der Bürohilfe Regina Götz.

„Ich hab soeben mit dem Arzt telefoniert, der Baumgartnerin geht es wieder besser und ist soweit vernehmungsfähig. Sie befindet sich gerade bei ihrer Tochter in Schwabach. Ich bin soeben auf dem Weg dorthin und werde versuchen eine Aussage zu kriegen." Es folgte eine kurze Pause. „Und sollte sich der Herr Kollege Walter Schöninger zwischenzeitlich gemeldet haben, lassen sie es mich bitte sofort wissen.", fügte er im strengen Ton hinzu.

„Ja geht klar, Chef. Aber sie wissen doch dass er für heute und morgen Urlaub genommen hat."

„Ja, aber der ist jetzt gestrichen, Ich brauche ihn hier."

„Ok, aber ich denke nicht dass er heute noch erreichbar sein wird."

„Versuchen sie `s trotzdem. Ich bin jetzt gleich da. Ich melde mich wenn es was Neues gibt. Servus."

Kommissar Moosgruber beendete das Gespräch mit einem Knopfdruck und parkte sein Auto in der zweiten Reihe ein.

„Ich bin Polizist im Einsatz, ich darf das.", sagte er mehr zu sich selber, brachte das Blaulicht auf dem Dach an und wand sich dem Bungalow zu, indem die Tochter der Baumgartnerin mit ihren Mann und Sohn lebte. Es dauerte nicht lange und die Tochter öffnete die Tür einen Spalt breit.

„Grüß Gott, Kommissar Moosgruber mein Name. Ich ermittle in der Mordsache Brock Coleman und hätte hierfür gerne ihre Mutter gesprochen."

„Meine Mutter geht es nicht gut. Kommen sie bitte ein anderes Mal wieder", antworte die Tochter abweisend und schloss sofort wieder die Tür.

Verdutzt stand der Kommissar vor der geschlossenen Tür. Er klingelte erneut.

Nach wenigen Augenblicken öffnete die Tochter wiederum. Sie schien erwartet zu haben dass Moosgruber nicht so leicht abzuwimmeln war.

„Ich sagte doch schon, meiner Mutter geht es nicht gut, sie braucht jetzt erstmal viel Ruhe."

„Der Arzt hat mir gesagt ihrer Mutter geht es wieder gut und ich könne mit ihr sprechen", antwortete Moosgruber im autoritären Ton.

„Herr Kommissar, gehen sie jetzt…", beharrte sie, als sie von ihrer Mutter unterbrochen wurde, die plötzlich hinter ihr stand und ihr die Hand auf die Schulter legte.

„Schon gut, Veronika. Lass mich mit der Polizei reden." Sie trat hinter ihrer Tochter hervor und stellte sich vor Moosgruber.

„Frau Baumgartner, Kommissar Moosgruber von der Kripo Nürnberg. Sie kennen mich ja bestimmt noch. Ich hätte ein paar Fragen an sie wegen gestern Nacht. Vielleicht kam ihnen ja irgendwas verdächtig vor."

„Nein, eigentlich war alles wie immer."

„Hatte Brock Coleman gestern Nacht noch Besuch empfangen?"

„Weiß nicht."

„Haben sie noch einen Zweitschlüssel für das Zimmer des Opfers?"

„Ja, natürlich."

Moosgruber wartete kurz ab. Vielleicht wollte die Baumgartnerin noch etwa hinzufügen. Sie schien aber keine Anstalten diesbezüglich zu machen.

„Und?", fragte er schließlich.

„Was und?", fragte sie forsch.

„Wo ist der Zweitschlüssel, wer hat ihn?"

„Der ist natürlich bei mir", antwortete sie unfreundlich. „Ich bewahre ihn in der Schlüsselbox in meinem Büro auf. Und die ist versperrt. Den Schlüssel hierfür habe wiederum auch ich."

Als Moosgruber etwas fragen wollte, fasste sie sich demonstrativ an die Schläfe und legte die Stirn in Falten.

„So, jetzt ist aber genug, ich muss mich ein wenig hinlegen. Die Aufregung, wissen sie."

Sie schloss sogleich die Tür und lies den Kommissar sprichwörtlich wie einen begossenen Pudel im Regen stehen.

*

Sichtlich erschöpft und wie auf Eiern laufend suchte Walter seinen Wechselbeutel, fand ihn auf Anhieb und begab sich in das Wechselzelt. Zu seinem Glück fand sich schnell ein ruhiges Plätzchen auf dem er sich seiner Radschuhe entledigte. Sofort war ein hilfsbereites Mädchen da, die ihm seinen Beutel entleerte. Walter war froh dass er in weiser Voraussicht ein zweites Paar Socken mit eingepackt hatte. Nach dem Platzregen beim Radfahren war es angenehmer in frische Socken schlüpfen zu können, auch um Blasen zu vermeiden. Er erlaubte der Helferin den Rücken und die Arme mit Sonnenmilch einzucremen. Seine Laufschuhe hatte er mit Schnellverschlüssen versehen, die ihm hier beim Wechseln wertvolle Sekunden einsparen sollten. Walter bedankte sich noch schnell bei dem Mädchen, zog seine Schirmmütze über den Kopf und spurtete los um auf die Laufstrecke zu gehen. Er drehte seine Startnummer, die auf einem Gummiband befestigt war, regelgerecht nach vorne und schnappte sich an der Verpflegungsstelle, die gleich nach dem Zelt platziert war, eine Cola. Auf den ersten Metern der Laufstrecke standen schon hunderte Zuschauer die Walter lautstark anfeuerten. Dank der persönlichen Startnummer sogar mit seinem Vornamen. Die Rother peitschten ihn mit ihre Ratschen und Tröten voran. Wenn das die ganze Zeit so läuft, dachte er, dann dürfte der Marathon kein Problem werden. Walter war sehr Lauferfahren. Vor vier Jahren lief er in Berlin seinen ersten Marathon. Er trainierte damals erst seit zehn Monaten und ging diesen daher sehr verhalten an. Dadurch erreichte er bereits bei seinem Debüt auf der zweiten Streckenhälfte eine um ein paar Minuten schnellere Laufzeit als auf dem ersten Teil. Voller Stolz konnte er sich damals Marathon Finisher nennen und nahm seine Medaille erst am Abend wieder ab, als er nach sechs Stunden Zugfahrt wieder überglücklich Zuhause ankam. Seine Mutter bereitete ihm damals einen herzlichen Empfang mit einem selbst gekochten Drei-Gänge-Menü und Wein. Dies war der Auftakt mehrerer erfolgreicher Marathonläufe und die Geburtsstunde seiner Triathlonambitionen. Auch wenn der Gedanke `Ein Drittel hab ich ja geschafft und beim Radfahren kann ich mich ja viel Rollen lassen` doch sehr töricht war.

Auf der Laufstrecke führte es ihn nun durch den Rother Stadtwald. Dutzende Schilder und Transparente mit Sprüchen und Bildern sollten hier die Teilnehmer motivieren. Walters Beine fühlten sich doch ziemlich bald recht schwer und nur mit Mühe konnte er sich daran hindern in den Gehschritt zu fallen. Er hatte nun zum ersten mal seit dem Schwimmstart am Morgen wieder sein ganzes Körpergewicht zu tragen. Zudem überholten ihn einige Athleten die noch ganz frisch wirkten. Walter ärgerte sich. Sollte er das Lauftraining doch ein wenig vernachlässigt haben? Als seine Paradedisziplin, ward ihm nun bewusst, hat er das Lauftraining schleifen lassen und den Fokus mehr auf das Radfahren gerichtet. Ob der Marathon im Frühjahr vielleicht doch zuviel des Guten war? Walter verwarf diese Gedanken wieder als im einfiel, dass auch Staffeln in den Wettbewerb integriert waren. Natürlich, fuhr es ihm blitzschnell durch den Kopf, diese Athleten waren noch ganz frisch und hatten kein drei Komma acht Kilometer langes Schwimmen und auch keine hundertachtzig Kilometer auf dem Rad in den Beinen. Ein Blick auf die Waden der Überholenden bestätigte seine Vermutung und er war beruhigt. Die mit Edding aufgemalten 'S' outete die Teilnehmer als Teilnehmer der Staffel. Einen Rhythmus zu finden war schwer. Nach dem Geschwindigkeitsrausch auf dem Rad kam es ihm nun so vor, als würde er über frischen Teer laufen und auf der Straße festkleben.

Nach vier Laufkilometern erreichte er das Gewerbegebiet an der Lände. Hier sorgte ein Moderator mit Musik für Stimmung unter den Teilnehmern und den anwesenden Zuschauern. An der Verpflegungsstation lies er sich eine Cola reichen. Cola tat ihm gut, das war die einzige Flüssigkeit die er noch ohne Abscheu trinken konnte. Wasser und das süße Iso vertrug er nicht mehr so recht. Walter ergriff auch zwei mit Wasser getränkte Schwämme, drückte einen über seinen Kopf aus und erfrischte mit dem anderen sein Gesicht und seinen Nacken.

Die Sonne stach nun unbarmherzig vom Himmel herab. Seine Kappe schützte ihn ein wenig vor den sengenden Strahlen, doch wusste er, dass ihm noch ein sehr harter Kampf bevorstehen würde. Er war kein Hitzeläufer. Er bevorzugte moderate Temperaturen um die zwölf Grad und einen wolkenbedeckten Himmel.

Sogleich erreichte Walter den Main-Donau-Kanal und bog auf den Damm ein. Eine endlose weite erwartete ihn. Den entgegenkommenden Athleten konnte er ihre Erschöpfung im Gesicht deutlich ablesen. Die Anderen kochten auch nur mit Wasser, war dabei sein Gedanke. Aber immerhin hatten sie die erste Wende bereits hinter sich. Auch er werde aus Schwanstetten, dem ersten Wendepunkt, wieder hierher zurückkommen, motivierte er sich. Etwa alle zwei Kilometer befand sich eine Verpflegungsstelle, die er jedes Mal ausgiebig nutzte um Cola zu trinken und sich mit den getränkten Schwämmen zu erfrischen.

Nach endlos scheinenden Kilometern überquerte er die Schleuse Leerstetten und bog schließlich nach Schwanstetten ein. Dort erwarteten ihn wieder zahlreiche Anwohner und Fans die kräftig für Stimmung sorgten. Auch hier lies er sich an den Verpflegungspunkten nur Cola reichen. Das musste ihm genügen.

Am Wendepunkt angekommen, ging es nun die komplette Strecke bis zur Lände zurück, zurück in die Eintönigkeit des Kanals. Das Positive an dem Ganzen war, dass Walters nun nicht mehr den Triathleten begegnete die vor ihm waren, sondern die, die hinter ihm liefen. Er wollte zusehen dass er möglichst viele von ihnen auf Distanz hielt. Zwar war ihm seine Platzierung letztendlich egal, aber dennoch machte sich sein sportlicher Ehrgeiz nun bemerkbar. Wobei ihm das auf Distanz halten verdammt schwer fiel. Sehr schwer. Walter brannten die Oberschenkel. Ob ich wohl zu schnell angelaufen bin, rätselte er. Oder war mein Radsplit zu schnell für mich? Die Rother Zuschauer hatten ihn zu einer schnelleren Zeit gepeitscht als er geplant hatte. Zwar überholten ihn immer wieder einige Mitstreiter, doch Walter störte sich nicht daran. Waren die meisten davon ja mit einem 'S' auf der Wade gekennzeichnet. Tja, Staffelläufer müsste man sein. Dann wär ich jetzt auch noch frisch und könnte das Feld von hinten aufrollen.

Walter fragte sich nun sichtlich erschöpft, nach dem Sinn seines Abenteuers in Roth. Wie konnte er nur auf die Idee kommen auf einer Langdistanz zu starten. Klar, die Berichte über Hawaii faszinierten ihn, die Stimmung hier in Roth sowieso. Aber kann man die nicht auch einfach als Zuschauer genießen? Auf jeden Fall schwor er sich: Nie mehr! Dies sollte seine erste und einzige Langdistanz sein. Einmal im Leben bei der Challenge dabei sein. Das genügt. Auf diese Leistung könne er sein Leben lang stolz sein.

Walters Weg führte zurück zur Lände. Er hatte nun bereits zwanzig Kilometer in den Beinen. Schon knapp die Hälfte. Dieser Gedanke, und freilich auch die Zuschauer, trieben Walter wieder an. Jetzt war er sich sicher: Ich werde finishen! Selbst wenn er die restlichen zweiundzwanzig Kilometer nur noch kriechen sollte, er würde sie überstehen. Walter überschlug im Kopf nochmals seine Zeiten. Er würde noch unter elf Stunden bleiben. Locker. Wenn er nicht doch noch einen Einbruch erleben würde. Etwa vier Kilometer weiter war es dann soweit, seine Beine wurden immer schwerer und er sah sich gezwungen in den Gehschritt zu fallen. Die Sonne stach weiterhin erbärmlich vom Himmel herab. Weiterhin begegneten ihm die Athleten, die vor ihm platziert waren. Die haben alle schon das Ziel vor Augen, dachte er, und ich bin total platt. Walter fiel in den Gehschritt und versuchte wenigstens dabei flott unterwegs zu sein. Ihm war übel. Schon der Gedanke an die süßen Powersnacks oder Energieriegel ließen ihn erschauern. Er konnte das Zeug jetzt weder essen noch riechen. An der nächsten Verpflegungsstelle blieb er stehen. Zum ersten Mal an diesem Tag. Nachdem er sich mit den getränkten Schwämmen erfrischt hatte, nahm er eine handvoll Kekse und zwei Becher Cola und setzte seinen Weg fort. Er verspürte weiterhin ein großes Hungergefühl. Er hoffte die trockenen Kekse würden ihm einigermaßen über die Runden helfen.

Walter hatte nun etwa zweihundertzwei Kilometer absolviert. Der Rest sollte doch nur noch Kopfsache sein. Zumindest hört und liest man das ständig. Bei Kilometer siebenundzwanzig überquerte er die Kanalbrücke die ihn zum zweiten Wendepunkt führen sollte. Vor allen hatte er auch mit der Einsamkeit zu kämpfen. Gerade jetzt wo er die Fans und einige aufmunternde Wort gebrauchen konnte, war er auf sich allein   gestellt. Der Konkurrenz schien es nicht besser zu gehen. Immer mehr begannen zu gehen und ließen die Köpfe hängen. Walter biss die Zähne zusammen, begann zu traben und versuchte wenigstens den Wendepunkt laufend zu erreichen. Die Oberschenkel schmerzten und verhärteten sich. Der Gedanke an den morgigen Muskelkater ließen ihn erschauern. Sein unästhetischer Laufstil bescherte ihm einige mitleidige Blicke, aber auch aufmunternde Worte der spärlich gesäten Zuschauer. Die Wende wollte und wollte nicht kommen. Zweimal hatte er sie nun schon vermutet, doch jedes Mal musste er enttäuscht feststellen dass die anderen Läufer geradeaus weiterliefen statt umzukehren. Schließlich entdeckte Walter den zweiten Turnaround. Er versuchte dieses Stück bis zur Wende ein wenig schneller zu laufen. Als er sie erreichte, hatte er nur noch einen

Gedanken: Jetzt ab nach Hause! Die restliche Strecke führt direkt zur Finishline! Die Sonne stach nicht mehr ganz so prall. Im Gegenteil, sie versteckte sich nun hinter einer großen Wolke.

Nun begegneten ihm nicht mehr die vor ihm liegenden, sondern das hintere Feld. Er sah in ihre Gesichter. Er sah Elend. Er sah Leid. Er sah Not. Er sah Kämpfer. Er wollte nun auch kämpfen. Er war so kurz vorm Ziel. Bei Kilometer vierunddreißig, im Wald zwischen Eckersmühlen und der Schleuse Haimpfarrich, mobilisierte er erneut seine Kräfte. Nur noch acht Kilometer, dachte er, das ist nicht mal mehr meine Hausstrecke lang. Walter fokussierte sich so auf die Ziellinie dass er die brennenden Oberschenkel kaum mehr spürte. Und was noch wichtiger war, es fiel ihm nun leichter den Laufschritt aufrecht zu halten. Zurück am Kanal sammelte er etliche Läufer ein die nicht mehr so gut zu Fuß waren.

Nach achtunddreißig Kilometern erreichte er wieder die Lände Roth. Walter genehmigte sich am Verpflegungspunkt eine Erfrischung und trieb sich weiter an, um die letzten Kilometer abzuspulen. Er begann zu lächeln. Er wusste, jetzt brennt nichts mehr an! Walter schien das letzte Stückchen durch den Wald zu fliegen. Er konnte das Jubeln im Zielbereich schon hören. Das würde auch sein Jubel sein. Immer mehr Zuschauer standen Spalier als er in Roth einlief. Walter lief wie in Trance. Plötzlich hatte er bereits den roten Teppich unter seinen Füßen. Triumphierend bog er ihn den Zielkanal ein. Die Schmerzen, das Leiden, die Einsamkeit, alles war in diesem Augenblick vergessen. Beim überqueren der Ziellinie lies er einen lauten Schrei los und konnte auch einige Freudentränen nicht unterdrücken. Er hatte es geschafft, er hatte seinen Traum erfüllt. Die Zeit? Egal, die war jetzt zweitrangig. Nachdem ihm seine Medaille, in Form einer Eins mit einem roten Band, umgehängt wurde, hatte er die Gewissheit, er war jetzt ein *Roth Finisher*!

*

Frisch geduscht stellte Schöninger stolz sein Finisher Shirt zur Schau und suchte noch mal den Zielbereich auf um die letzten Teilnehmer zu beklatschen. Seiner Mutter war der ganze Trubel zuviel und verschwand kurz nach seinem Zieleinlauf, den sie ausgiebig bejubelt hatte, zurück auf den Campingplatz. Als er auf den Weg zum Zielareal sein Handy einschaltete, stellte er zu seiner Überraschung ein dutzend Anrufe in Abwesenheit fest. Allesamt von seinem Kollegen dem Kommissar Moosgruber. Schöninger konnte sich ein lächeln nicht verkneifen. Also hatte er doch an Schöningers großen Tag gedacht und wollte jetzt wohl unbedingt wissen wie es ihm ergangen war. Schöninger beschloss Moosgruber später zurück zu rufen. Jetzt wollte er erstmal die Zielatmosphäre genießen. War sein Zieleinlauf doch viel zu schnell vorbei um ihn richtig auszukosten. Nur mühsam kam er voran, denn die Strapazen der vergangenen zehn Stunden machten sich sichtlich bemerkbar. Er wusste jetzt schon dass er morgen wohl den größten Muskelkater seines Lebens haben würde. Und Hunger. Er verspürte bereits jetzt wieder ein großes Hungergefühl, obwohl er sich unmittelbar nach dem Zieleinlauf der Völlerei in Form von Wurstsemmeln hingab bis er wirklich pappsatt war.

Im Zielbereich angekommen steppte sprichwörtlich der Bär, denn die letzten Daylight Finisher kreuzten die Ziellinie. Die laute Partymusik wurde regelrecht von dem lauten Publikum übertönt. Es wurde gejubelt, Ratschen geschwungen und Schilder im Stile von "Du schafft es, Papa" hochgehalten. Schöningers Handy begann in der Gesäßtasche zu vibrieren. Den Klingelton hätte er hier sicherlich nicht gehört. Der Blick aufs Display verriet ihm Kollegen Moosgruber als Anrufer. Er nahm das Gespräch an und hielt sich dabei das freie Ohr zu um bei dem Lärm was verstehen zu können. Gleichzeitig machte er sich auf um ein ruhigeres Plätzchen zu finden.

„Ja, hier Schöninger."

„Ich bin's, der Moosgruber. Walter, wo steckst du denn, ich habe den ganzen Tag versucht dich zu erreichen. Und was ist das für eine Gaudi im Hintergrund?" ‚polterte Moosgruber gleich los.

„Ich bin doch hier in Roth", antwortete Schöninger. „Bei der Challenge."

„Zell... was?" ‚rief Moosgruber in den Hörer um den lauten Hintergrund zu übertönen.

„Challenge! In Roth.", brüllte Schöninger zurück und fand sogleich in einer öffentlichen Telefonzelle ein ruhigeres Plätzchen.

„In Roth. Ach so, du weißt bereits Bescheid. Kommst du hernach gleich bei mir vorbei?"

„Wie Bescheid? Wovon redest du?", fragte Schöninger irritiert.

„Bist du nicht zwecks dem Mord da?"

Schöninger hielt einen Moment inne. „Welcher Mord?"

„Also weißt du es noch nicht.", folgerte Moosgruber. „Brock Coleman wurde heute Nacht umgebracht. Darum war er beim Rennen nicht dabei."

„Allmächtiger", Schöninger schien sichtlich betroffen zu sein. „Wer macht denn so was? Ich dachte Coleman wäre vielleicht vorzeitig aus dem Rennen ausgestiegen oder so."

„Deswegen versuche ich schon den ganzen Tag dich zu erreichen", fügte Moosgruber vorwurfsvoll hinzu.

„Wenn du mir mal einmal richtig zuhören würdest, dann wüßtest du dass ich hier bei der Challenge mitgemacht habe."

„Du?" Moosgruber verschlug es fast die Sprache. „Ich dachte das war ein Scherz."

„Deswegen habe ich ja auch heute und morgen frei."

„Du kommst aber trotzdem ‚oder?"

„Klar. Wir werden den oder die Täter schon finden. Ich werde in etwa einer Stunde bei dir sein. Ich muss noch mein Rad abholen und kurz nach meiner Mutter sehen."

„Klasse. Wir sehen ins dann später auf dem Revier."

Während Schöninger das Gespräch beendete schüttelte er ungläubig den Kopf. Brock Coleman war in der Nacht vor einem seiner wichtigsten Rennen umgebracht worden. Nicht zu fassen. Und wie es den Anschein hatte, hatte sich diese Nachricht wohl noch nicht rumgesprochen. Auf der Finishline wurde noch ausgiebig gefeiert.

*

Es war sieben Uhr morgens und Felix` Wecker klingelte erbarmungslos bis dieser ihn mit einem Wurf vom Nachtkästchen zum schweigen brachte. Er erinnerte sich, heute Vormittag stand ja die offizielle Siegerehrung an. Verschlafen erhob er sich aus dem Bett. Gestern Nacht wurde es sehr spät. Zum feiern war ihm nach den Ereignissen allerdings nicht zumute, dennoch hatte er einen kräftigen Schnaps gebraucht. Wie sollte es nun weitergehen? Felix hoffte inständig dass der Mörder bald gefunden wird. Er hatte eine große Wut auf ihn. Vielleicht sogar einen regelrechten Hass. Ihm schossen tausend Gedanken durch den Kopf. Wer konnte der Täter nur gewesen sein und die Frage die ihn am meisten beschäftigte war das Warum? Gut, Coleman war ein ehrgeiziger Mensch, dem die Karriere über alles ging, aber ein Mord? Und auch noch hier im Rahmen seiner geliebten Challenge, dem Erbe seines Vaters? Felix ging vor die Tür um die Zeitung zu holen. Wie würden die Medien das Geschehene wohl ausschlachten? Würde das gute Image der Challenge in den Dreck gezogen werden? Sein Blick wanderte über die Titelseite. Die Presse hatte natürlich sofort wind von der Sache bekommen. *Triathlet ermordet!* stand da geschrieben. *Mord an amerikanischen Vizeweltmeister überschattet die Challenge.* Während er den Artikel überflog läutete sein Handy. Wer mag das denn schon wieder in aller frühe sein, fragte er sich und bereute sein Telefon nicht ausgeschaltet zu haben.

„Hallo?", meldete er sich.

„Moosgruber, Kripo Nürnberg, hier. Wir haben interessante

Neuigkeiten für sie. Gestern Nachmittag wurde Colemans Equipment untersucht und stellen sie sich vor was wir gefunden haben."

Moosgruber hielt einen Augenblick inne um eine gewisse Spannung zu erzeugen.

„Was denn?", fragte Felix ungeduldig.

„Jemand hat sich an seinem Fahrrad zu schaffen gemacht. Der Schnellspanner von seinem Vorderrad war angebrochen, vielleicht auch angesägt, so dass er bei der ersten großen Abfahrt wohl einen Abflug gemacht hätte."

„Sind sie sich da sicher? Kann der nicht beim Transport zu ihnen beschädigt worden sein?"

„Ausgeschlossen! Wir haben hier einen kompetenten Fachmann. Er würde das sofort erkennen Er ist absolut sicher dass daran manipuliert wurde."

„Aber der Park Ferme wird doch die ganze Nacht bewacht. Da kann sich niemand daran zu schaffen gemacht haben."

„Im Park was? Na egal. Auf jeden Fall hatte dort niemand zutritt, außer…"

„Außer?"

„Außer der Sicherheitsfirma, natürlich."

„Jemand von SecurCity?", fragte Felix erstaunt. „Was hätten die für ein Interesse an einem Unfall von Coleman?"

„Das würde uns auch interessieren. Meine Kollege Schöninger und ich werden uns die Firma heute Vormittag noch vornehmen. Wir werden es sie wissen lassen wenn es was Neues gibt."

„In Ordnung, danke für ihren Anruf. Wiederhören."

Felix legte auf und atmete erst einmal tief durch. Das hatte er nun nicht erwartet. SecurCity besaß sein vollstes Vertrauen. Mit dem Geschäftsführer Lorenz Danzer war er sogar inzwischen befreundet. Sie überwachten schon seit vielen Jahren die Räder und nie gab es Klagen, egal welcher Art.

Nun hatte er aber nicht mehr viel Zeit um darüber nachzudenken. Die Siegerehrung stand an. Bei dem Gedanken daran wurde ihm ganz unbehaglich. Hoffentlich würde sich die Presse nicht zu sehr auf ihn

60

einschießen. Und die anwesenden Athleten. Die meisten Altersklassenathleten hatten erst heute Morgen von der Tat erfahren.

*

„Kommissar Moosgruber mein Name und das hier ist mein Kollege Schöninger", stellte der Beamte sich vor. „Hab ich das Vergnügen mit Josef Altendorfer von SecurCity?"

„Ja, worum geht's?", fragte der groß gewachsene Hüne und fuhr sich über die Glatze.

„Es geht um den Mordfall Brock Coleman. Sie haben sicher schon davon gehört."

„Ja, natürlich. Wir haben ja die Räder über Nacht bewacht."

„Ist ihnen da irgendwas aufgefallen?"

„Nein, was soll mir aufgefallen sein? Soweit ich weiß wurde dieser Coleman in Hilpoltstein umgebracht und nicht in der Wechselzone am Kanal."

„Das nicht, aber wir haben festgestellt dass an Colemans Fahrrad manipuliert wurde. Wir müssen im Moment davon ausgehen dass dies nur in der Wechselzone passiert sein kann. Immerhin hat Coleman das Rad höchstpersönlich beim Check in noch auf Funktion überprüft und hat zuvor noch darauf trainiert."

„Unmöglich. Für meine Leute lege ich meine Hand ins Feuer."

„Wirklich? Für jeden?"

„Ja."

„Wie lange arbeiten ihre Mitarbeiter schon für sie?"

„Teilweise schon zehn Jahre. Lassen sie mich mal kurz überlegen." Altendorfer legte angestrengt seine Stirn in Falten „Der Andreas hat fünf Jahre, Karl und Rudi drei…", murmelte er mehr für sich selber vor sich hin, bis er sich wieder den Kommissaren zuwandte. „Genau, und der Richard ist erst seit letzter Woche bei mir."

„Ist er verlässlich?", fragte Schöninger.

„Ich hoffe doch. In einer Woche lernt man einen Menschen noch nicht eingehend kennen."

„Wir würden sie bitten uns die Personalien von diesem Richard zu geben. Wir wollen uns gern persönlich ein Bild von ihm machen."

*

Später am Tag erschienen neben den Topathleten auch die beiden in Zivil gekleideten Kripobeamten Moosgruber und Schöninger zur Siegerehrung. Der Mord war bereits in aller Munde, so verwunderte es nicht dass, die Veranstaltung bis auf den letzten Platz gefüllt war. Zahlreiche Neugierige drängten sich dich aneinander in das Festzelt. Neben der üblichen lokalen Presse und den Fachzeitschriften war auch das überregionale Fernsehen anwesend. Ebenso Journalisten aus dem benachbarten Ausland und auch aus Übersee. Als Felix mit gesenktem Kopf seinen Platz einnahm, verstummte das allgemeine Getuschel und Gemurmel. Felix eröffnete sogleich die Siegerehrung. „Das wichtigste vorweg, Die Polizei wird selbst eine Erklärung zum Fall Brock Coleman abgeben. Fragen richten sie bitte direkt an die Beamten und nicht an mich. Das gesamte TeamChallenge wird keinerlei Fragen diesbezüglich beantworten. Für Fragen zum eigentlichen Wettkampf stehen wir allerdings gerne zur Verfügung. Nach einer Schweigeminute zu Ehren Brock Colemans wird die Kriminalpolizei das Wort an sie richten."

Felix trat einen Schritt vom Podium zurück und senkte den Kopf. Die Anwesenden taten es ihm gleich.

„Herr Moosgruber, bitteschön", durchbrach Felix schließlich die Stille und übergab damit an die Kripo.

Moosgruber war es nicht gewohnt vor einem vollen Zelt mitsamt Presseteams zu sprechen, versuchte aber seine Nervosität so gut es ging zu verbergen.

„Guten Morgen, meine Damen und Herren. Wie der Zeitung schon heute Morgen zu entnehmen war, wurde der US amerikanische Profitriathlet Brock Coleman gestern früh, nachdem er vor dem Start nicht mehr auffindbar war, tot in seinem Zimmer der Baumgartnerischen Pension in Hilpoltstein gefunden. Eine natürliche Todesursache war gleich auszuschließen, da der Kopf starke Verletzungen aufwies. Zum jetzigen Zeitpunkt ist es leider noch viel zu früh um von konkreten Tatverdächtigen zu sprechen. Die Ermittlungen sind eben erst angelaufen. Folgendes können wir aber mittlerweile schon bekannt geben: Die Tat muss laut Gerichtsmedizin zwischen zwei und vier Uhr in der Nacht erfolgt sein. Die drei Altersklassenathleten, die ebenso in der Pension der Frau Baumgartner abstiegen waren, werden heute Nachmittag vernommen. Wir erhoffen uns hierbei wertvolle Hinweise. So, nun zu ihren Fragen. Bitteschön."

Ein durchtrainierter Journalist mit Brille erhob sich.

„Joachim Stahl, Tri4u.de. Gibt es bereits einen Kreis von Verdächtigen?"

„Wie bereits gesagt, noch nicht. Es wurde aber festgestellt dass an Brock Colemans Wettkampfrad manipuliert wurde. Dies wird im Laufe der nächsten Tage ebenfalls überprüft. Für Hinweise aus der Bevölkerung sind wir übrigens dankbar."

„Oliver Müller, Kreisanzeiger. Von welchem Motiv wird ausgegangen?"

„Momentan können wir noch keine konkreten Motive nennen. Es sind noch zu viele Fragen offen. Womöglich wollte sich jemanden einen Konkurrenten vom Hals schaffen? Vielleicht Probleme persönlicher Natur?"

„Franz Söllner, Triathleten Magazin. Könnte es sich um Raubmord gehandelt haben?"

„Raubmord schließen wir aus. Alle persönlichen Wertgegenstände sind noch da, ebenso wurde ein vierstelliger Geldbetrag beim Opfer gefunden. Das Zimmer fanden wir weder durchwühlt noch durchsucht vor. Dies spricht alles gegen einen Raubmord."

„Erich Steiner, Bayerische Zeitung. Was wird ihrerseits alles Nächstes unternommen?"

„Wir werden den näheren Bekanntenkreis, ebenso die Geschäftspartner in Augenschein nehmen."

„Ich frag jetzt mal einfach direkt drauf los", meldete sich ein Zuschauer, „Aber ohne ihm jetzt was unterstellen zu wollen, aber fällt da der erste Verdacht nicht auf William Helsmley? Die verbitterte Rivalität ist ja wohl bekannt."

Ein Raunen ging durch die Menge.

„Wir werden solange wir keine konkreten Anhaltspunkte haben, bestimmt keine Namen nennen", antwortete Moosgruber verärgert. Auch Helmsley, der sich als Sieger mit auf der Bühne befand, stieß die Bemerkung sauer auf. Er machte Anstalten die Bühne zu verlassen, aber als Felix mit ihm ein paar Worte wechselte entschied er sich doch zu bleiben.

*

Es war früher Nachmittag als die Kommissaren Moosgruber und Schöninger bei Larissa Schneider in Roth klingelten. Das schmucke Einfamilienhaus fügte sich sehr gut in den geschmackvoll gestalteten Garten. Hinter dem von Granitsäulen eingefassten Eisenzaun bedeckte auf etwa einen Meter Breite Rindenmulch den Boden. Vereinzelt waren darin Sträucher angebaut, die wiederum von kleinen Schotterbeeten umzäunt wurden. Kleine Buchsbäume säumten den Weg von der Hofeinfahrt zur Haustüre. Das Haus mochte höchstens erst fünf Jahre stehen, schätzte Moosgruber. Es dauerte nicht lange und eine adrette junge Frau mit langen dunklen Haaren öffnete die Tür.

„Ah, Hallo. Sie sind bestimmt die Herren von der Kriminalpolizei.

Mr. Helmsley nimmt gerade noch einen Pressetermin wahr, dürfte aber bald zurück sein."

„Das macht nichts", antwortete Schöninger, „Wir wollten sowieso erst noch mit ihnen reden."

„Mit mir?", fragte sie ganz überrascht, „Ich wüsste nicht wie ich ihnen weiterhelfen könnte."

„Wollen sie uns nicht erst hereinbitten?" fragte Moosgruber ein wenig ungeduldig. Verlegen trat sie einen Schritt zur Seite und ließ die Beamten passieren.

Als sie am Küchentisch Platz genommen hatten, bot Larissa Kaffee an, den die Herren dankend annahmen. Schließlich setzte auch sie sich hinzu.

„Frau Schneider, ich fang mal gleich ganz direkt an", begann Moosgruber, „Wo befand sich William Helmsley in der Nacht von letzten Samstag auf Sonntag zwischen zwei und drei Uhr dreißig?"

„Wo soll er schon gewesen sein", antwortete sie trotzig ob des schroffen Tones „Natürlich in seinem Bett. Schließlich hatte er am nächsten morgen ein wichtiges Rennen zu bestreiten."

„Können sie das bezeugen?", fragte Schöninger.

„Wie soll ich das bezeugen können? Ich lag zu dieser Zeit doch selbst in meinem Bett. Ich musste schließlich auch früh aufstehen."

„Haben sie in der Nacht irgendwelche verdächtige Geräusche oder etwas dergleichen gehört?"

„Nein, ich hab ja geschlafen und ich habe einen guten Schlaf. Warum wollen sie das denn so genau wissen?"

Moosgruber setzte einen strengen Blick auf. „Wir müssen eben auch die Möglichkeit ins Auge fassen dass Brock Colemans größter Rivale eventuell nicht ganz unschuldig an dessen Ableben ist."

„Ausgeschlossen. William kann das Haus nicht unbemerkt verlassen haben. Er hat keinen Schlüssel und ich hätte ansonsten etwas mitbekommen."

„Mal was anderes, wie kommt es dass sie als junge Frau so ganz alleine in diesem Haus hier leben?", wollte Schöninger wissen.

Larissa seufzte. „Ich habe das Haus zusammen mit meinem Mann gebaut. Es war unser ein und alles und wir waren sehr stolz darauf. Leider ist mein Mann vor zwei Jahren bei einem Motorradunfall ums Leben gekommen."

„Das tut mir leid für sie."

Moosgruber wechselte gleich das Thema.

„Wie sind sie denn darauf gekommen den Teilnehmern der Challenge Roth eine Unterkunft anzubieten?"

„Die Veranstalter suchen alle Jahre einige private Haushalte, die ein so genanntes *Homestaying* anbieten. Da ich alleine in dem großen Haus wohne, war ich gern bereit jemanden aufzunehmen. Wir Rother lieben die Challenge und ich bin stolz hiermit meinen Beitrag zu leisten. Als Mädchen habe ich gerne an den Verpflegungstellen entlang der Laufstrecke ausgeholfen und den Athleten Wasser gereicht."

„Haben sie sich ausgesucht welcher Athlet bei ihnen unterkommt?"

„Nein, aber William war mir schon recht."

„Weshalb?"

„Jetzt werden sie aber zu direkt."

„Entschuldigung sie. Aber sie kannten ihn vorher noch nicht, richtig?"

„Richtig."

Plötzlich erschien William Helmsley im Esszimmer. Er hatte das Haus inzwischen unbemerkt betreten.

„Hello, Mr. Helmsley", begrüßte ihn Moosgruber „wir haben sie gar nicht kommen hören. Nehmen sie doch Platz."

„Soll ich für sie übersetzen?", fragte Larissa.

„Nein, danke. Unser Englisch ist gut genug. Wir würden sie aber bitten uns mit ihrem Gast allein zu lassen", sagte Schöninger.

Larissa stand auf und wandte sich in Richtung Küche. „Wenn sie mich brauchen, sie wissen ja wo sie mich finden."

Die Beamten warteten bis die Tür ins Schloss fiel und widmeten sich nun dem englischen Athleten.

Helmsley machte einen unsicheren Eindruck. Verlegen starrte er im Zimmer umher, wandte seinen Blick den Beamten erst zu, als diese ihn direkt ansprachen.

„Mr. Helmsley, herzlichen Glückwunsch zu ihrem Sieg gestern. Ich weiß sie sind diese Tage ein gefragter Mann, deswegen wollen wir sie nicht allzu lange stören", begann Moosgruber das Gespräch.

„Nur zu. Sie tun ja nur ihre Arbeit."

„Wann haben sie denn vom Tod Brock Colemans erfahren?"

„Ziemlich bald nach meinem Zieleinlauf. Ich glaube Felix hat es mir gesteckt. Ich habe morgens noch mit den anderen Profis mitbekommen dass Brock nicht erschienen ist. Dass er aber ermordet wurde ist erschütternd."

„Er war ja wohl nicht gerade beliebt."

„Nein, das war er wirklich nicht."

„Auch nicht bei seinen Kollegen."

„Kann ich nur zustimmen."

„Ihre Rivalität mit Coleman war in den letzten Wochen ja besonders ausgeprägt, nachdem er sie bei der Weltmeisterschaft so knapp geschlagen hatte."

„Ja, diese Niederlage hat mich ziemlich gewurmt. Sie haben ja bestimmt selbst mitgekriegt was da bei der WM letztes Jahr gelaufen war. Aber ich sage ihnen ganz ehrlich, ich hatte nie einen Hass auf ihn. Und schon gar nicht so einem großen um ihn zu töten. In meinen Augen waren wir ganz normale Konkurrenten, wie es eben alle anderen auch sind."

„Aber sie haben Coleman bei jeder Gelegenheit öffentlich attackiert."

„Ja, sie spielen sicherlich auf die Pressekonferenz an. Natürlich habe ich ihn auch ein wenig provoziert, denn ich wollte die Revanche so schnell wie möglich. Ich habe dafür sogar auf viel Geld verzichtet."

„Wie meinen sie das, sie haben auf Geld verzichtet?", hinterfragte Moosgruber.

„Eigentlich stand ich für die Langdistanz in Frankfurt unter Vertrag. Dort hätte ich als Vizeweltmeister ein ordentliches

Antrittsgeld kassiert. Hier in Roth starte ich für sehr viel weniger aber das war es mir wert."

„Also, alles eine Frage der Ehre?"

„Wenn man so will."

„Was ist jetzt eigentlich genau dran, an den ganzen Vorwürfen gegen Coleman. Hat Coleman sie auf Hawaii betrogen?"

Helmsley seufzte.

„Er hatte halt einen Landsmann, den Jannetty, der ihm den Pacemaker gemacht hat und in seinem Windschatten fahren ließ."

„Da müssten doch die Race Marschalls eingreifen, oder nicht?"

„Normalerweise, ja."

„Aber..?"

„Wenn ich ganz ehrlich bin, meines Wissens nach wollte man mich, den Engländer, einfach nicht als Sieger sehen. Warum weiß ich nicht. Das ist alles Verbandspolitik. Die wollen den als Sieger haben, der am besten zu vermarkten ist. Und das ist natürlich eher ein Amerikaner als ein Europäer. Jedenfalls hat Coleman Unterstützung erhalten."

„Wo waren sie denn in der Nacht von Samstag auf Sonntag?", fragte Moosgruber.

„Na, hier in der Pension. Wo sonst?"

„In Hilpoltstein in der Pension?"

„Das ist Absurd."

„Haben sie ein Alibi?"

„Ich denke die Frau Schneider kann bezeugen dass ich das Haus nach zwanzig Uhr nicht mehr verlassen habe."

„Zumindest hab ich nichts gehört", fügte die Schneiderin hinzu, die inzwischen zurückgekommen war um Helmsley Kaffee zu servieren.

„Danke Mr. Helmsley, ich denke für heute haben wir genug gehört. Bitte bleiben sie die nächsten Tage erreichbar."

Moosgruber und Schöninger verabschiedeten sich und machten sich auf den Weg zu ihrem Dienstwagen.

Als die beiden Kommissare die Autotüren zuschlagen, wandte sich Moosgruber Schöninger zu.

„Ist dir auch was aufgefallen?"

„Ich weiß nicht", antwortete Schöninger. „Etwa dass zwischen den beiden was laufen könnte?"

„Ja, das auch. Als Helmsley plötzlich mitten im Raum stand, wie ist er auf einmal so unbemerkt herein gekommen?"

„Durch die Tür?"

„Ja, und die war doch verschlossen."

„Du meinst, er hatte einen Schlüssel?"

„Ja, da bin ich mir sicher."

„Nun ja, von der hätte ich auch gerne den Schlüssel", grinste Schöninger.

„Verschossen, was?",stichelte Moosgruber und versetzte ihm einen Hieb mit dem Ellbogen. „Es ist sowieso langsam Zeit dass du dich von deiner Mutter löst und mal eine anständige Frau findest. Du bist doch jetzt auch schon fünfunddreißig."

„Stimmt. *Erst* fünfunddreißig, also noch viel zu jung."

„Vielleicht würde sie dir dann so fixe Ideen wie den Triathlon mal ausreden und du wärst zu hundert Prozent für die Arbeit da."

„Verzeihen sie dass ich mir ganze zwei freie Tage gegönnt habe, großer Häuptling."

Beide setzten lachend die Fahrt fort.

*

Im Büro angekommen erwartete bereits Regina Götz, die Bürohilfe, der Polizeiinspektion die beiden Kommissare.

„Herr Moosgruber, Herr Schöninger! Warten sie bitte einen kleinen Augenblick", rief sie ihnen hinterher, als die beiden ihr Büro betreten wollten.

„Ja, was gibt's denn Fräulein Götz? Wir sind gerade sehr beschäftigt wie sie wissen" , raunte Schöninger sie an.

„Entschuldigen sie, aber heute Morgen als sie außer Haus waren, wurde uns eine Person gemeldet die Samstag Abend mit Helmsley Streit hatte. Er ist Engländer."

Moosgruber wurde hellhörig.

„Ach so ist das. Wo finden wir ihn? Wir brechen gleich auf."

„Nicht nötig, der Verdächtige wurde bereits ins Zimmer Nummer vierzehn geführt. Es wurde nur noch ihre Ankunft erwartet."

„Ah, sehr gut, sehr löblich", brummte Schöninger vor sich hin, gab ihr einen klaps auf den Oberarm und machte sich zusammen mit Moosgruber auf den Weg in das besagte Zimmer.

Als Schöninger die Tür öffnete, schickte er den Dolmetscher, der zusammen mit dem Verdächtigen in dem Raum wartete, nach draußen.

„Sie können gehen, unsere Englischkenntnisse sind gut genug um alles wichtige aus dem Mann herauszukitzeln."

Fast schon beleidigt nahm dieser seine Mütze und ging grußlos vorbei.

„Wie sie wünschen!"

Moosgruber wandte sich gleich dem Verdächtigen zu.

„Wie war ihr Name doch gleich wieder?"

„Hickenbottom, John Hickenbottom. Ich komme aus der Nähe von Liverpool in England."

„Also wie Helmsley. Und sie sind dessen Manager nicht wahr?", folgerte Schöninger nachdem er die Notizen überfolgen hatte.

„Das ist richtig. Ich kümmerte mich hauptsächlich um erfolgreiche Vertragsabschlüße in Sachen Sponsoring und um seine Startzusagen. Allerdings gelang mir der letzte Deal nicht ganz, als es um das Masterbike ging."

„Was ist denn an dem Thunderhawk so besonders?", fragte Moosgruber.

Hickenbottom blickte ihn geringschätzig an.

„Masterbike, mein Herr, ist ein sehr exklusiver Radhersteller. Wie der Name schon sagt, produzieren sie nur wahre Meisterstücke. Hier werden nur die besten und hochwertigsten Materialien verwendet und jedes Rad wird aus einer Hand gefertigt. Das hebt die Preise nach oben. Natürlich fährt so ein Rad nicht Jedermann. Masterbike steht nur sehr selten als Sponsor bereit. Wer Masterbike fährt, muss es aus eigener Tasche erwerben und das kann ziemlich teuer werden. Immerhin gibt es kein Modell unter zwölftausend Euro. Aber um überhaupt als Käufer akzeptiert zu werden muss man von einem anderen Masterbikefahrer eingeladen werden. Die Räder sind zudem nur über wenige autorisierte Händler zu beziehen, aber auch dann nur mit eine Lieferzeit von wenigstens sechs Monaten."

„Warum ist das so?"

„Vergleichen sie sie einfach mit einem Maybach", grinste der Manager selbstgefällig.

Schöninger stutzte, schien etwas erwidern zu wollen, ließ es aber dann doch sein. Ein Blick von Moosgruber signalisierte ihm genau das was er dachte, die spinnen sie Triathleten.

„Um was ging es bei ihrem Streit?"

„Sie haben ja bestimmt von der Pressekonferenz im Vorfeld gehört. Der William hat sich mit einigen Aussagen und seinen Benehmen in Sachen Sponsoring selbst ein Bein gestellt. Niemand will sein Produkt von einem Bad Boy repräsentieren lassen."

„Und nur darum ging es?"

„Ja, denn fehlen Sponsoren, fehlt auch mir eine Einnahmequelle."

*

Es war Dienstagmorgen, die Kommissaren Moosgruber und Schöninger waren auf dem Weg nach Nürnberg zu Beth Michelle, die zwei Tage zuvor souverän den ersten Platz bei der Challenge belegte.

„Es gibt hier dutzende potentielle Täter. Warum sollten wir ausgerechnet bei Colemans Ex fündig werden? Das ist nur Zeitverschwendung. Als ob wir nicht schon genug zu tun hätten", jammerte Schöninger.

„Mir geht die ganze Fragerei ja auch auf den Keks. Aber Fakt ist dass sich beide nicht im Guten getrennt haben und Beth Michelle einige gute Gründe hätte Coleman in die ewigen Jagdgründe zu wünschen."

Die Tür surrte wenige Augenblicke nachdem die Beamten die Klingel der Eigentumswohnung nahe am Wöhrder See betätigten. Sogleich machten sie sich auf den Weg in den dritten Stock, in dem Beth Michelle lebte, seitdem sie nach Deutschland gezogen war. Frisch geduscht, im Bademantel und das Haar noch in ein großes Handtuch gewickelt, öffnete sie den Kommissaren und bat sie in das Wohnzimmer. Schwer beeindruckt betrachteten Moosgruber und Schöninger die aufgehängten Siegermedaillen, Urkunden und Fotos der verschiedensten Triathlonwettkämpfe auf der ganzen Welt. Selbst nach Australien und Südafrika verschlug es die junge Athletin bereits. Naja, wenn alles von Sponsoren bezahlt wird geht das schon, dachte Moosgruber. Er hingegen kam noch nicht weiter als bis nach Italien an den Strand. Aber das war bereits zwanzig Jahre her. Ansonsten war die Wohnung recht geschmackvoll eingerichtet und auch die Vitrine neben dem Fernseher schien vor Pokalen regelrecht zu platzen.

Nachdem Michelle ihren Gästen jeweils eine Tasse Kaffee und Kekse servierte, nahm auch sie Platz und versuchte mit einem charmanten Lächeln die Kripobeamten auf ihre Seite zu ziehen.

„Nett haben sie es hier", ‚begann Schöninger.

„Danke. Zuhause soll man sich doch wohl fühlen, vor allem wenn man soviel unterwegs ist wie ich."

„Ja, sie sind viel rum gekommen wie man sieht", fügte Schöninger hinzu.

„Da fragt man sich", brachte sich Moosgruber mit ein, „wieso es einen dann ausgrechnet hier nach Nürnberg verschlägt?"
Michelle lächelte als hätte sie diese Frage erwartet.

„Meine Mutter ist Deutsche, sie stammt aus Nürnberg. Mein Vater war bei der Army und hier in der Nähe stationiert. Na, sie wissen ja wie es dann so ist. Meine Mutter wurde schwanger und ging dann mit zurück in die Staaten. Ich bin dann zweisprachig aufgewachsen. Von daher auch mein gutes Deutsch."

„So etwas ähnliches dachte mir schon", sagte Schöninger.

„Als es mit der Karriere im Triathlon richtig ernst wurde, entschloss ich mich nach Deutschland zu ziehen, in die Nähe der Triathlonhochburg in Roth. Und um auch die Heimat meiner Mutter kennen zu lernen."

„Sie sind also Vollprofi?", fragte Moosgruber.

„Gewissermaßen ja, aber ich studiere noch nebenbei. Man muss ja auch für die Karriere nach der Karriere sorgen."

„Das stell ich mir aber richtig stressig vor."

„Ja, es ist nicht einfach, aber wenn man etwas flexibel ist dann geht das schon."

„Bleibt da überhaupt noch Zeit für die Liebe?", fragte Moosgruber konkreter.

Michelle streifte ihr langes Haar hinter das Ohr. „Eigentlich nicht. Aber sie spielen auf meine Zeit mit Brock an, richtig?"

„Genau."

„Brock war meine große Liebe. Aber ich wohl nicht die seine, denn sonst hätte er nicht mit anderen jungen Flittchen herum gehurrt. Ich dachte alles wäre perfekt. Wir verstanden uns auf Anhieb super, endlich jemand ein Mann der Verständnis für meine Stundenlangen Trainingseinheiten haben würde, jemand der meine Leidenschaft teilen würde. Ich war so glücklich."

Nur mühsam konnte sie die Tränen zurückhalten.

„Wir war ihr Verhältnis den später, will sagen bis zu seinem Tod?"

Schlagartig versiegten die Tränen und Michelle wurde ernst. „Wir hatten uns nur noch sparodisch im Rahmen einiger Triathlons getroffen, kurz Hi gesagt und das wars dann. Eigentlich kann man unser Verhältnis danach nur als unterkühlt bezeichnen."

„Wann haben sie ihn das letzte Mal gesehen?"

„Auf der Pressekonferenz natürlich. Ich habe versucht ihm aus dem Weg zu gehen, er hingegen wollte, so hatte ich den Eindruck, wieder angebaggert kommen. Zuvor haben wir uns allerdings mindest ein Jahr lang nicht mehr gesehen, da ich versucht habe ihm möglichst aus dem Weg zu gehen. Bin eben da gestartet wo ich wusste dass er da nicht antreten würde. Ich hätte ihn ja eigentlich bei der Konkurrenz erwartet und nicht hier in Franken."

Moosgruber beugte sich ein wenig vor und fragte Michelle: „Es tut mir leid sie das fragen zu müssen, aber haben sie für die Nacht von letzten Samstag auf Sonntag, ein Alibi?"

„Ich hab geschlafen. Ist doch klar, schließlich musste ich Sonntag früh raus. Die Challenge war mein Saisonhöhepunkt."

„Kann das jemand bezeugen?"

„Nein. Ich wohne allein. Ich kam gegen zwanzig Uhr von Roth zurück und habe mich ziemlich bald schlafen gelegt."

„Also kein Alibi?", fragte Moosgruber noch einmal.

„Nein, aber meine Nachbarin gegenüber ist eine recht neugierige. Sie hat mich bestimmt gesehen als ich heim kam. Oder zumindest gehört."

„Mhm", fügte Moosgruber nur an. „Wir bedanken uns einstweilen für ihre Mithilfe. Schönen Tag noch!"

Beth Michelle begleitete die beiden Polizeibeamten noch zur Tür.

Als diese ins Schloss fiel zögerten sie nicht lange und klingelten bei der Nachbarin. Wie dem Türschild zu entnehmen war, handelte es sich hierbei um Frau Scheck. Die Kommissare hörten sie bald heran trampeln und schon öffnete sie die Wohnungstür. Sie nahm sich wohl nicht einmal mehr die Zeit durch den Spion zu lugen.

„Ah, die Herren Kommissare", wurden sie überraschend begrüßt.

„Sie kennen uns?", fragte Schöninger.

„Ja, ja, ich kenne sie aus der Zeitung. Und außerdem", sie hielt sich geheimnisvoll die Handkante an den Mundwinkel und fuhr mit gedämpfter Stimme fort, „habe ich sie die Wohnung meiner Nachbarin betreten sehen. Da wusste ich gleich was los war."

„Das ist ja toll", entgegnete Schöninger nicht ohne einen Hauch Ironie in der Stimme. „Dann können sie uns bestimmt auch sagen wann Frau Michelle am Samstag Abend nach Hause gekommen ist."

Erwartungsvoll blickten die Beamten Frau Scheck an. Diese starrte die beiden verblüfft an, denn auf diese Frage wusste sie leider keine

Antwort.

„Ich bin Samstag Abend nicht daheim gewesen. Ein Freund hat mich ins Theater ausgeführt. Aber ich kann ihnen gewiss sagen, dass sie um neunzehn Uhr, als ich das Haus verließ, bestimmt noch nicht daheim war. Ich kam gegen zweiundzwanzig Uhr dreißig wieder nach Hause und da brannte zumindest kein Licht mehr."

„Mhm", murmelte Moosgruber nur.

„Danke für die Informationen. Wenn wir noch etwas wissen wollen, werden wir uns melden."

Etwas ratlos resümierten Moosgruber und Schöninger auf der Autofahrt zurück aufs Revier den Verlauf der Befragungen.

„Ich weiß nicht was ich von dieser Beth Michelle halten soll. Sie hat kein Alibi was sie schon mal verdächtig macht", begann Schöninger.

„Andererseits ist es nur zu verständlich dass sie, ganz Profi, zeitig schlafen geht um am morgen fit zu sein und die optimale Leistung bringen zu können. Und wer soll das bitteschön einer allein stehenden bezeugen können?", entgegnete Moosgruber.

„Hast ja recht. Was ist mit dem Motiv?"

„In meinen Augen gibt es keins. Klar, er verletzte sie damals sehr, aber ich kann mir nicht vorstellen, dass sie ihn deswegen umbringt. Sie ist doch längst über die Trennung hinweg."

„Dito."

„Und sonst?", fragte Moosgruber.

„Was und sonst?"

„Wie hat sie dir gefallen?"

„Fängst du schon wieder damit an?", fragte Schöninger entrüstet.

„Ja, jetzt sag schon."

„Nun, sie war ganz niedlich."

„Nur Niedlich?"

„Nur Niedlich."

*

„Walter, ich finde wir sollten die Pension noch einmal genauer unter die Lupe nehmen. Speziell auch die Baumgartnerin. Die gute Frau ist so verschlossen, ich denke sie weiß mehr als sie uns sagen will."

„Vielleicht will sie jemanden schützen?"

„Das hab ich mir auch schon gedacht. Mir gefällt das einfach nicht. Die Pension war komplett versperrt, es gibt weder Anzeichen von gewaltsamen Eindringens, noch befindet sich unter den Pensionsgästen jemand der auch nur annähernd ein Motiv hätte."

„Aber was willst du machen, die alte Oma stundenlang zum Verhör schleppen?", fragte Schöninger und biss herzhaft in seinen Apfel.

„Nein, da kommst dann du ins Spiel."

„Wie meinen? Als ob das einen Unterschied machen würde."

„Nein", antwortete Moosgruber, „Ich dachte da auch eher an deine Mutter."

Schöninger blieb fast der Apfel im Hals stecken und bekam einen Hustenanfall.

„Mama? Ist das ein Witz? Wie bitte soll die uns helfen können?"

„Na überleg doch mal, deine Mutter ist eine alte Frau, die Baumgartnerin ebenfalls. Da fasst man einfach viel leichter Vertrauen und erzählt bei einem gemütlichen Ratsch eventuell ein wenig mehr um nicht zu sagen, zu viel."

Schöninger hatte sich soweit von seinem ersten Schreck erholt.

„Das klingt einleuchtend. Aber, *Mama*?" So richtig fassen konnte es Schöninger doch noch nicht.

„Rede mit ihr, ihr würden ein paar Tage in dieser Pension bestimmt gut tun."

„Wird die Baumgartnerin keinen Verdacht schöpfen?"

„I wo. Wenn deine Mutter es geschickt anstellt ist sie einfach eine alte Frau, die sich ein paar Tage Erholung gönnen will und gern ratscht."

76

„Na dazu muss sie sich nicht großartig verstellen. Ok, ich rede mit ihr. Aber wir dürfen uns nicht zusammen mit ihr sehen lassen. Die Baumgartnerin kennt dich bereits."

Noch am selben Abend stieg Schöningers Mutter in der Pension Baumgartner in Hilpoltstein ab. Sie bekam das Zimmer links neben dem von Coleman zugewiesenen. Das Zimmer war noch gesperrt bis die Ermittlungen abgeschlossen waren. Ein Siegel an der Tür wies darauf hin.

„Ich freue mich sehr sie bei mir begrüßen zu dürfen. Ich zeige ihnen noch schell ihr Zimmer und dann richte ich das Abendessen. Haben sie noch einen besonderen Wunsch?" Frau Baumgartner geizte nicht mit Gastfreundlichkeit und lies ihren Gast spüren dass sie herzlich willkommen war. Sie war ganz und gar nicht mehr die abweisende alte Frau wie zu Moosgrubers Besuch.

„Wenn sie hernach noch ein wenig Zeit für mich hätten, vielleicht auf ein Gläschen Rotwein?", bat Mutter und versuchte so harmlos wie möglich zu wirken und mit dem Hintergedanken vielleicht ein paar Infos über die Mordnacht zu kriegen, die sonst nur die Polizei hat oder besser noch, die noch gar keiner hat.

„Ja sicher doch!", antwortete die Baumgartnerin. „Ich bin froh wenn ich ein wenig Gesellschaft hab. Die meisten Gäste hier ziehen sich ja immer gleich in ihre Zimmer zurück."

Am Spätabend machten Frau Baumgartner und Mutter es sich im kleinen Frühstücksraum bei einer Flasche Rotwein gemütlich. Mutter versuchte behutsam das Gespräch auf den Mord von Brock Coleman zu lenken. Sie hoffte inständig wichtige Details zu erfahren um auch ihren Sohn nicht zu enttäuschen. Dies wurde Mutter Schöninger von der Baumgartnerin aber gleich selbst abgenommen.

„Es ist schön dass sich trotz des Unglücks doch noch Gäste hierher verirren. Ich dachte schon, jetzt bleiben alle fern."

„Ach was", meinte Mutter aufmunternd „Selbst in den großen Hotelketten gibt es ähnliche Fälle und die Leute kommen weiterhin scharenweise."

„Vielleicht haben sie recht. Jedenfalls kann ich mich momentan noch nicht beschweren. Viele wollen das, ich sag jetzt mal Totenzimmer, sehen. Aber natürlich lass ich da niemanden rein. Die Polizei hat die Tür immer noch versiegelt."

„Sie suchen noch nach Spuren?"

„Ja. Dummerweise gibt es keine Einbruchspuren. Das heißt der Täter könnte einer der Gäste gewesen sein. Selbst ich wurde verhört. Als ob *ich* was damit zu tun hätte", empörte sich die alte Dame. „Nun ja, ein bisschen Mitschuld habe ich vielleicht schon."

„Wie meinen sie das?", fragte Mutter Schöninger.

„Ich hatte die Hintertür nicht abgeschlossen. Die schließe ich nie ab. Vielleicht kommt ja einer der Gäste mal später heim oder will früh das Haus verlassen. Jetzt sperr ich aber lieber zweimal zu und hab zusätzlich noch ein Schloss angehängt."

„Haben die Gäste keinen Schlüssel?"

„Doch. Aber nur fürs Zimmer und der sperrt nicht an der Hintertür."

„Wie könnte der Täter denn dann ins Zimmer gekommen sein? Haben sie sich darüber mal Gedanken gemacht?"

„Nicht wirklich. Das ist doch Sache der Polizei. Über das Fenster nicht, denn dieses war geschlossen und auf dem Fenstersims hatte man keinerlei Spuren oder Anzeichen eines versuchten Einstiegs gefunden."

„Also kann er nur über die Zimmertür hereingekommen sein, nicht?" Mutter Schöninger erinnerte sich an die Miss Marple Filme und der Ehrgeiz den Fall vielleicht selbst zu lösen erwachte in ihr. Also fragte sie munter weiter.

„Ja, das denke ich auch. Allerdings war die Zimmertür nicht verschlossen als die Frau Walchshöfer und ich am Sonntagmorgen nachsehen waren."

„Das leuchtet mir ein, ich meine welcher Verbrecher sperrt denn hinterher noch ab?", nach dieser rhetorischen Frage setzte Mutter Schöninger nach. „Also *muss* der Mörder einen Zweitschlüssel gehabt haben."

*

Das Abendessen bei den Moosgrubers im Nürnberger Stadtteil Katzwang war die einzige Gelegenheit am Tag bei der die Familie zusammenkam und ausgiebig Neuigkeiten austauschte. So erzählte auch Vater Max von seinem Fall um Brock Coleman und dem Kreis der Verdächtigen. Normalerweise hörte seine vierundzwanzig jährige Tochter Erika stets nur halbherzig zu, doch der Name Beth Michelle lies sie hellhörig werden.

„Beth Michelle hast du gesagt, Papa?", fragte sie noch einmal nach um sich zu vergewissern.

„Ja, die Amerikanerin. Du hast bestimmt schon von ihr gelesen", bestätigte Moosgruber und biss herzhaft in sein Streichwurstbrot.

„Nicht nur das. Wir studieren zusammen. Bei den meisten Lesungen sitzt sie direkt neben mir."

Moosgruber blieb fast der Bissen im Hals stecken.

„Und das sagst mir erst jetzt?"

„Ich wusste doch nicht dass sie in der Sache mit drin stecken könnte."

„Egal. Erika, wie gut kennst du sie denn?"

„Naja, früher lernten wir hin und wieder mal zusammen auf dem Campus. Jetzt nicht mehr, da sie ja nun professionell Triathlon betreibt und alle Pausen zum Training nutzt. Mittags schnell ins Schwimmbad, Abends noch eine Laufeinheit und Samstag, Sonntag ist sie sowieso nicht mehr vom Rad zu kriegen."

„Hat sie dir jemals von Coleman, ihrem Freund erzählt?"

„Ja, sie hat zwar keinen Namen genannt, aber sie sprach öfter mal von ihrem Exfreund, der in den USA wohnt und auch Triathlet ist. Sie war damals wohl total verknallt. Dass er hingegen fremdgegangen ist, hat sie sehr verletzt."

„Mehr nicht?", fragte Moosgruber enttäuscht. „Das hatte sie mir auch erzählt. Aber jetzt haben sie sich zwangsläufig wieder getroffen, nachdem sie sich ja ein Jahr lang nicht mehr gesehen hatten."

„Was erzählst du denn Papa?", fragte Erika. „Die beiden waren doch im Frühjahr zusammen in Florida im Trainingslager. Deswegen hatte sie fünf Wochen an der Uni gefehlt."

Moosgruber stutzte. „Ach ja? Bist du dir da ganz sicher? Sie kann ja auch mit jemand anderen gefahren sein?"

„Nein , nein, das weiß ich gewiss. Trotz allem freute sie sich sehr auf die gemeinsame Zeit im Traingslager. Als sie aber zurück kam wollte sie nicht viel darüber erzählen. Sie sagte sie erzähle mir ein andermal davon, sie wäre jetzt noch total fertig von dem vielen Training. Dabei hatten wir es aber dann belassen und sie hatte nie wieder ein Wort darüber verloren."

„Apropos ein Wort darüber verlieren. Max, wir müssen auch reden", sagte Moosgrubers Frau.

Bei dieser Ankündigung entschuldigte Erika kurz und lief auf ihr Zimmer. Sie ahnte was folgen würde.

„Ja, Liebes?"

„Es wäre schön wenn du auch mal mehr Zeit mit uns verbringen würdest statt dich nur um deine Fälle zu kümmern."

Moosgruber ahnte schon was auf ihn zukommen würde. Es war wieder die alte Leier. Aber er war nun mal der Chefermittler und fühlte sich verpflichtet solange am Fall dran zu bleiben bis er gelöst war.

„Wenn der Fall gelöst ist…"

„Dann gibt es wieder einen neuen Fall!", unterbrach sie ihn. „Ich will dass du dir jetzt auch mal wieder Zeit für mich nimmst. Oder bedeute ich dir etwa nichts mehr?"

„Doch natürlich, Liebes. Ich werde in dieser Woche einen Tag eher Schluss machen und wir verbringen einen gemütlichen Abend zu zweit."

*

Der lang ersehnte Feierabend war den Kommissaren noch nicht vergönnt, denn erneut machten sie sich auf den Weg zum Wöhrdersee, zur Wohnung von Beth Michelle. Nach dem aufschlußreichen Abendessen mit seiner Familie, telefonierte Moosgruber sofort mit Schöninger und die beiden fuhren sofort los.

„Sogar den selben Parkplatz konnten wir uns schnappen", frohlockte Schöninger als sie die Wohnanlage erreichten.

„Ja, und ich hoffe nur, dass Miss Michelle heute nicht dasselbe erzählt wie gestern."

„Lass mich das nur machen", blähte sich Schöninger auf. „Dazu braucht es Quäntchen Einfühlsamkeit und einen Funken Menschenkenntnis. Dazu noch eine Prise…"

„Schon gut, geschenkt. Wir werden ja sehen", lache Moosgruber und sie machten sich auf den Weg ins Wohngebäude.

Bevor die Beamten klingeln konnten, öffnete sich auch schon die Tür und Michelle stand fürs Training bereit in Laufklamotten vor ihnen.

Die Beamten sahen ihr sofort an, dass sie ziemlich überrascht und auch erschrocken wirkte.

„So spät noch unterwegs, Miss Michelle?", fragte Moosgruber und setzte sein charmantestes Lächeln auf, was jedoch aufgrund seines fortgeschrittenen Alters und seinem altmodischen Oberlippenbart unfreiwillig komisch wirkte.

„Die Herren Kommissare. Kann ich noch was für sie tun?", fragte sie.

„Ja, zum Beispiel die Wahrheit zu sagen. Wir hätten noch ein paar Fragen bezüglich ihres Exfreundes Brock Coleman."
Michelle wurde unbehaglich zumute, hielt kurz inne und versuchte sich an den Beamten vorbei zu zwängen.

„Tut mir leid, aber ich habe jetzt keine Zeit. Mein Training kann nicht warten. Kommen sie bitte morgen wieder."

Moosgruber, der beinahe drei Zentner Mann, versperrte ihr den Weg.

„Natürlich können wir morgen wieder kommen", antwortete er kühl. „Aber sollten wir bis dahin mit unseren Ermittlungen schon einen Schritt weiter sein als heute, könnte es eventuell sein dass wir morgen schon die Handschellen zücken müssten."

Michelle zögerte kurz und gab schließlich nach. „Ich weiß zwar nicht was sie denken wo ich gelogen haben sollte, oder was ich sonst getan hab, aber kommen sie rein, wir gehen hinauf in die Wohnung."

Schöninger und Moosgruber folgten ihr nach oben.

„Das ist doch schon mal eine gänzlich andere Basis um das Gespräch zu beginnen", bemerkte Schöninger und lies sich auf das Sofa plumpsen.

„Wie gesagt, ich habe mit dem Tod meines Ex nichts, aber auch wirklich gar nichts zu tun. Ich habe ihnen doch schon gesagt dass ich ihn schon mindest ein Jahr lang nicht mehr gesehen hab", polterte die Verdächtigte gleich los.

„Gemach, gemach", beschwichtigte Schöninger sie. „Alles schön der Reihe nach. Beantworten sie einfach noch ein paar Fragen, das hat ja letztes Mal auch gut geklappt."

„Aber diesmal bei der Wahrheit bleiben!", fügte Moosgruber hinzu, der nicht Platz genommen hatte und mit verschränkten Armen auf sie herab blickte.

„Fangen sie schon an", bat sie eingeschüchtert.

„Sie waren im Frühjahr im Trainingslager, nicht wahr?", begann Schöninger.

Michelle zeigte sich von dieser Frage, zumindest äußerlich, unbeeindruckt.

„Ja, das ist kein Geheimnis. Trainingslager gehören zu jeder anständigen Saisonvorbereitung dazu."

„Wo, wann und wie lange waren sie denn?", hackte Schöninger nach.

„In Florida. Wie auch schon letztes Jahr. Ende Februar bis Anfang April. Also etwa fünf Wochen."

„Wie kann sich eine Studentin das leisten?"

„Durch meine Sponsoren natürlich. Sponsoren wollen Erfolge sehen, also sorgen sie auch dafür dass ich die Ergebnisse bringen kann. Außerdem ist der Aufenthalt nicht so teuer. Übernachtet wird bei hiesigen Athleten oder in Herbergen und bekocht wird man oftmals von der Familie der dort lebenden Trainingspartner. Es herrscht dadurch stets eine sehr familiäre Atmosphäre. Kommt halt nur noch der Flug dazu."

„Aha. Dort trifft man bestimmt auch auf alte Bekannte, nicht?", brachte Schöninger das Gespräch auf den Punkt. Michelle fühlte sich sichtlich unwohl und rutschte auf ihrem Sessel hin und her.

„Auch, ja. Die meisten anderen Triathleten kennt man von diversen Wettkämpfen rund um den Globus."

Schöninger beugte sich nach vorne und blickte Michelle geradewegs in die Augen. „Coleman war auch dabei, sie haben ihn also erst wieder getroffen."

„Ja, hab ich. Ist doch nichts dabei, oder?", antwortete sie schnippisch.

„Nein, natürlich nicht! Aber warum behaupten sie dann uns gegenüber, sie hätten ihn schon über ein Jahr nicht mehr gesehen?"

„Hab ich halt vergessen", erwiderte sie trotzig.

„Nein, das glaub ich nicht. So einfach vergisst man die große Liebe nicht, wenn sie einem später mal wieder über den Weg läuft. Vor allem nicht im Trainingslager, wo man sich noch tagtäglich sieht."

Michelle schwieg.

„Mrs. Michelle, sie können jetzt gerne ein Geständnis ablegen. Es wird sich vor Gericht zu ihren Gunsten auswirken", ,riet ihr Moosgruber väterlich und legte ihr die Hand auf die Schulter.

„Nein, ich habe mit dem Mord nichts zu tun!", kreischte sie fast hysterisch. Moosgruber zog seine Hand wieder weg.

Schöninger wurde es langsam zu Bunt.

„Aber es ist doch wohl offensichtlich dass sie uns was verschweigen! Warum haben sie gelogen? Was war da im Trainingslager zwischen ihnen und Coleman?"

„Nichts, es war nichts!", schluchzte Michelle.

„Beth, wir können sie auch als dringend tatverdächtigt mit aufs Revier nehmen. Sie haben ja auch kein Alibi!", raunte Schöninger ihr zu.

„Lassen sie mich endlich in Ruhe!", rief sie verzweifelt den Tränen nahe.

Moosgruber griff zu seinem Handy.

„Ich werde jetzt die Kollegen und den Staatsanwalt informieren."

Als er zu wählen begann griff Michelle nach seinem Mobiltelefon.

„Nein, ich sage ja was passiert ist!"

Er steckte das Handy wieder zurück in seine Hemdtasche.

„Sehr schön. Reden sie nur, wir sind gespannt."

Michelle holte tief Luft und begann zu sprechen.

„Ja, ich habe Brock wieder getroffen. Ich wollte ihn eigentlich ignorieren, wie Luft behandeln, aber er zog mich sofort wieder in seinen Bann. Wir kamen uns wieder ein bisschen näher. Wir haben viel Zeit miteinander verbracht, sind auch auf sein Zimmer gegangen. Brock hatte die letzten Monate in seiner Karriere große Fortschritte gemacht, ist zur Weltspitze aufgestiegen. Dort hatte ich auch herausgefunden warum."

Moosgruber stutze. „Ich kann mir denken weshalb."

„Da denken sie richtig", antwortete Michelle ohne aufzusehen.

„Miss Michelle", folgerte Schöninger, „Sie wollten uns das nicht erzählen um sich nicht selbst zu belasten, nicht wahr? Sie haben gedopt!"

„Ja, verdammt!", brach es aus ihr heraus. „Ich habe mich hinreißen lassen. Ich habe mit der Weltspitze trainiert, ich wollte auch da hin. Und Brocks blumige Worte, jeder würde das machen. Wer da nicht mitmache, der würde es niemals schaffen. Ich wollte auch eine große werden. Hawaii, Roth, Frankfurt. Ich wollte dort auch auf dem Siegertreppchen stehen."

„Ich fürchte das wird dennoch Konsequenzen haben", gab Moosgruber zu verstehen.

„Ja, aber leider nicht von unserer Seite. Doping ist leider vom

Gesetz her nicht strafbar. Hierfür ist nur der Triathlon Verband zuständig", erklärte Schöninger.

Michelle sah flehend zu ihm hoch. „Sie werden mich doch nicht verpetzen, oder?"

„Es wird mir wohl nichts anderes übrig bleiben."

„Sie würden meine Karriere ruinieren."

„Ich weiß."

„Aber ich wüsste doch noch eine Möglichkeit", fügte Moosgruber hinzu.

Sie blickte ihn skeptisch von der Seite an.

„Kooperieren sie mit uns und ich könnte das Geständnis vielleicht vergessen."

*

Am nächsten Tag setzten sich die ermittelnden Beamten zu einer Besprechung zusammen. Neben den Hauptermittelnden Kommissaren Moosgruber und Schöninger noch die Beamten Elmar Heinl, Alfred Steiner sowie dem Chef der Gerichtsmedizin Doktor Klaus Engl. Moosgruber als Hauptkommissar und Dienstältester moderierte die kleine Runde.

„So meine Herren. Seit dem Beginn der Ermittlungen sind einige Tage vergangen und heute wollen wir den Stand der Dinge mal genauer unter die Lupe nehmen. Fangen wir ganz am Anfang an. Das Opfer wurde auf dem Bauch liegend in seinem Bett in der Pension in Hilpoltstein leblos aufgefunden. Mit dabei waren die Inhaberin Hilde Baumgartner und Alice Walchshöfer. Im Zimmer wurden keinerlei Einbruchsspuren festgestellt. Weder am Fenster, wobei das Zimmer ja im ersten Stock liegt, noch an der Tür. Das heißt der Täter hat sich gewaltfrei Zutritt verschafft. Coleman wird ihm kaum die Tür geöffnet haben, denn er lag zugedeckt, nur in Unterwäsche bekleidet auf seinem Bett. Ergo müssen wir daraus schließen dass der Täter einen Schlüssel besaß. So, nun die Frage: Wer hat alles einen Schlüssel zur Pension bzw. zu den einzelnen Zimmern?"

„Entschuldige, aber ich hätte eine Frage, Max", unterbrach ihn Heinl. „Aber vielleicht war das Zimmer ja gar nicht verschlossen und der Täter brauchte nur hinein zu spazieren?"

„Gute Frage, aber Nein, das schließen wir aus. Wir haben hinter der Tür Colemans Schlüssel gefunden, woraus wir schließen dass dieser innen steckte, aber durch den zweiten Schlüssel der von außen hineingesteckt wurde, wieder hinausgeschoben wurde."

„Ah ja. Gut, damit wäre meine Frage geklärt." Heinl lehnte sich wieder zurück und kaute konzentriert zuhörend auf seinem Bleistift.

„So, ähm, wo waren wir stehen geblieben? Genau, wer hat einen Schlüssel zur Pension. Da wären zu einen die Baumgartnerin selbst, das ist logisch. Ihre Tochter Veronika, die wir auch bereits kennen lernten, aber noch nicht eingehend befragten. Dann wäre da noch die Nichte der Baumgartnerin. Der werden Schöninger und ich heute Nachmittag noch einen Besuch abstatten. Die anderen Pensionsgäste besaßen zwar den Schlüssel zur Pension selber, konnten aber nur ihre eigenen Zimmer sperren. Doktor Engl wird jetzt die Gerichtsmedizinischen Befunde erläutern."

Der beleibte Arzt setzte seine Lesebrille auf die Nase und räusperte sich während er seine Notizen überflog.

„Wie wir bereits wissen, wurde am Hinterkopf des Opfers eine schwere Verletzung festgestellt, die zum Tod führte. Die Verletzung musste mit einem spitzen, schweren Gegenstand zugefügt worden sein. Aufgrund der tiefe und der Wucht gehe ich von einem Beil oder der spitzen Seite eines Hammers aus. Beides erfordert einen gewissen Kraftaufwand und aufgrund dessen und in Anbetracht der schwere der Verletzung müsste der Täter männlichen Geschlechts gewesen sein. Der Täter muss dabei zweimal zugeschlagen haben, das erste mal etwas leichter, beim zweiten mal mit einem größeren Kraftaufwand. Wobei meiner Einschätzung nach erst der zweite Schlag tödlich war. Wir wissen auch bereits dass die Tatzeit zwischen zwei und vier Uhr morgens liegt."

Doktor Engl legte sein Notizblatt nieder und setzte seine Brille ab. Für Moosgruber war das das Zeichen dass er seinen Bericht beendet hatte.

Schöninger erhob die rechte Hand, Moosgruber erteilte ihm mit einem Nicken das Wort. „Ich wollte nur noch anfügen dass auf der Suche nach der Tatwaffe das Werkzeug der Baumgartnerin beziehungsweise ihres verstorbenen Mannes untersucht wurde. Es wurden allerdings keinerlei Blut- oder Haarspuren des Opfers entdeckt. Der Täter hat die Waffe entweder wieder mitgenommen oder sehr gut versteckt."

Moosgruber nickte zustimmend und blickte zu Heinl hinüber.

„Ok, wie sieht's mit der Beweisaufnahme aus, Elmar?"

„Wir haben das Gespäck, sowie die komplette Triathlonausrüstung von Coleman eingehend untersucht hat. Das wichtigste ist auch schon bekannt. Am Triathlonrad des Opfers wurde manipuliert und zwar so dass das Opfer zwangsläufig währen des Wettkampfes einen Unfall erlitten hätte. Dies bestätigte mir zumindest der Sachverständige. Der Verursacher, ein Mitarbeiter von SecurCity wurde bereits zur Rechenschaft gezogen. Einen Zusammenhang mit ihm und dem Mordfall schließe ich aber aus. Das war einfach ein dummer Zufall. Wir haben allerdings nun bereits mehrere Anrufe der Firma Masterbike erhalten, die uns aufforderten das Rad unverzüglich an sie zurückzuschicken."

„Zurück an den Hersteller?", fragte Schöninger irritiert. „Mit welcher Begründung?"

„Masterbike stellte das Rad Coleman kostenfrei zur Verfügung, der Eigentümer bleibt aber Masterbike. Zumindest laut der Firma."

„Interessant. Bei meinem Gespräch mit Colemans Manager, dem Hickenbottom, hörte sich das ganz anders an."

„Egal was die behaupten", sagte Moosgruber, „Das Rad bleibt auf jeden Fall noch bei uns. Wir werden es uns noch etwas genauer in Augenschein nehmen. Immerhin könnte der Mord mit dem Rad im Zusammenhang stehen. Wie sieht's mit dem Rest aus?"

„Ansonsten haben wir keinerlei Anhaltspunkte gefunden, die auf einen Mord hinweisen könnten", beendete Heinl seine kurze Ausführung.

„Dann würde ich meinen", sagte Moosgruber. „Schöninger und ich besorgen uns den Namen und Adresse der Nichte und machen uns auf dem Weg zu ihr. Du Heinl, hältst weiterhin die Stellung auf dem Revier. Falls es etwas Neues gibt rufst du mich sofort auf meinen Handy an."

„Geht klar, Chef."

*

Schöninger staunte nicht schlecht als er den Namen der Nichte der Baumgartnerin von dem Blatt ablas, das ihm die Bürohilfe Regina reichte.

„Sieh mal an, den Namen und die Adresse kennen wir doch. Larissa Schneider, wohnhaft in Roth." Schöninger gab den Zettel an Moosgruber weiter.

„Tatsächlich. Das hätte sie uns ruhig selber sagen können. Ist ja immerhin nicht ganz unbedeutend."

„Stimmt. Das heißt William Helmsley hatte Zugriff zum Schlüssel der Pension."

„Und das heißt", Moosgruber machte eine kurze theatralische Pause „Helsmsley hatte Zugang zu Brock Colemans Zimmer."

Schöninger griff nach seiner Jacke und seinem Autoschlüssel. „Und das wiederum heißt, der Fall ist so gut wie gelöst. Machen wir uns sofort auf den Weg, ehe er wieder zurück nach England fliegt."

Wenige Minuten später saßen sie beide bereits in ihrem BMW und machten sich über die Autobahn auf den Weg nach Roth.

„Für mich ist die Schneiderin kein Alibi. Die kann uns sonst was erzählen. Und ich bin mir tausendprozentig sicher dass zwischen den

88

beiden etwas läuft."

Schöninger zuckte gedankenverloren mit den Schultern.

„Eigentlich war der Fall doch schon seit der Pressekonferenz im Vorfeld gelöst. Wir hätten Helmsley von vornherein besser in die Mangel nehmen sollen. Aber andererseits, wer bringt schon jemanden um, nur weil er im Rennen gegen ihn verliert? Wenn vielleicht auch nicht ganz fair."

„Weiß nicht", antwortete Schöninger knapp.

„Vielleicht war es aber auch der Vertrag mit Masterbike, den er ihm vor der Nase weggeschnappt hatte."

Schöninger antwortete nicht.

„Hörst du mir überhaupt zu?"

Keine Antwort.

„Walter!"

Erschrocken riss es Schöninger aus seinen Gedanken. „Tut mir leid, Max. Ich habe nur etwas nachgedacht."

„Ich hoffe über den Fall, denn ich habe das Gefühl dass wir dennoch bei Helmsley nicht weiter kommen werden."

„Nein, es geht um Mutter."

„Dachte ich mir doch. Ist sie noch in der Pension?"

„Ja."

„Die Baumgartnerin und sie scheinen sich ja prächtig zu verstehen."

„Allerdings", nickte Schöninger. „Sie hat meiner Mutter bereits angeboten eine Woche länger zu bleiben. Für umsonst."

„Na ja, zwei einsame alte Damen die froh sind wenn sie etwas Gesellschaft haben. Daran finde ich nichts verkehrt. Schläfst du eigentlich noch auf dem Campingplatz?"

„Nein, natürlich nicht. Ich habe vorgestern wortwörtlich meine Zelte abgebrochen."

„Ich verstehe sowieso nicht dass du auf dem Heuberg übernachten musstest, wo du doch nur vierzig Minuten von Roth entfernt wohnst."

„Da vorn ist das Haus der Schneiderin." Schöninger deutete zu dem kleinen Haus, in dem sie bereits vor kurzem zu Besuch waren.

Sie klingelten. Es dauerte nur einen Augenblick und Larissa Schneider öffnete die Tür.

„Ah, die Kripo, Hallo. Kann ich ihnen helfen?"

Moosgruber nickte. „In der Tat. Sie könnten uns zum Beispiel verraten. Wo wir Helsmley finden. In welchem Zimmer ist er?" Moosgruber war bereits Inbegriff einzutreten und nach Helmsley zu suchen.

„Ich weiß es nicht", antwortete die Schneiderin.

„Das heißt er es nicht da?", fragte Schöninger.

Sie schüttelte den Kopf.

„Ist er etwa bereits abgereist?", fragte Moosgruber, der am liebsten sofort nach ihm fanden lassen würde.

Wieder schüttelte sie nur den Kopf.

„Hat er gesagt wo er hin wollte?" Moosgruber wurde langsam ungeduldig.

„Nein, er ist einfach nicht mehr da. Er ist gestern Abend nicht heim gekommen und seitdem hab ich ihn nicht mehr gesehen."

„Vielleicht ist er ja doch zurück geflogen?"

„Das glaube ich nicht. Er hat sein ganzes Gepäck noch hier. Das Zimmer sieht auch noch so aus, als würde er jedem Moment zurückkommen. Alles liegt wie gewohnt auf seinem Platz."

„Vielleicht hatte er es eilig davon zu kommen. Womöglich hat er bemerkt dass wir ihm auf die Spur gekommen sind?"

„Was soll das heißen, sie sind ihm auf die Spur gekommen?", fragte die Schneiderin stirnrunzelnd. „Wollen sie damit sagen er ist der …"

„Warum haben sie uns nicht gesagt dass sie die Nichte der alten Baumgartnerin sind?", unterbrach sie Moosgruber sichtlich erregt. Er ärgerte sich wahnsinnig dass er die Verbindung zwischen der Schneiderin, der Baumgartnerin und Helmsley nicht schon früher festgestellt hatte. Der Typ hat nun über einen Tag Vorsprung, regte er sich auf und hätte die Schneiderin wohl am liebsten abgeführt.

„Was spielt das denn für eine Rolle?", fragte sie „Außerdem hätten sie ja nur zu fragen brauchen."

Moosgruber drehte sich wortlos um und ging vor die Tür. Vermutlich würde er jetzt erstmal eine Zigarette brauchen, dachte Schöninger und wandte sich der verwirrten Schneiderin zu.

„Die Verbindung besteht darin", versuchte er zu erklären, „dass sie den Schlüssel zur Pension besitzen und somit freien Zugang zu Colemans Zimmer haben. Nachdem er jetzt wohl auf der Flucht ist, gehen wir davon aus dass Helmsley mit Hilfe ihres Schlüssels in die Pension eingedrungen ist und seinen Konkurrenten umgebracht hat."

Die geschockte Schneiderin lies sich auf den Küchenstuhl plumpsen ohne den Blick von Schöninger abzuwenden.

„Das ist jetzt nicht ihr Ernst, oder?"

„Ich fürchte doch."

„Aber das kann nicht sein."

„Ja, das ist ganz klar, dass es für sie jetzt schwierig ist sich mit dem Gedanken anzufreunden einen Mörder beherbergt zu haben."

„Nein das mein ich nicht", antworte die Schneiderin und strich eine blonde Strähne aus ihrem Gesicht.

„Sondern?"

Schöninger schnappte sich einen Stuhl und setzte sich neben sie. Er versuchte einfühlsam zu sein, hatte damit aber ein wenig zu kämpfen denn sein Erfahrungsschatz mit Frauen war nicht besonders groß. Seine letzte Beziehung lag bereits drei Jahre zurück und hielt auch nur ein knappes halbes Jahr. Aber die Larissa, dachte er, die besitzt eine gewisse Anziehungskraft. Sie wie sie nun da saß, hilflos und naiv, weckte sie seinen Beschützerinstinkt.

„William konnte den Schlüssel doch gar nicht haben."

„Hat er nicht auch den Schlüssel für das Haus? Bei unserem letzten Besuch konnte er zumindest unbemerkt hineinspazieren."

Die Schneiderin blickte ihn eindringlich ein. Mit so einem aufgeweckten Ermittler hatte sie nicht gerechnet.

„Doch natürlich. Ich bin ja auch nicht immer zuhause. Aber den Schlüssel zur Pension meiner Tante konnte er nicht haben. Den verwahre ich in der Schublade meines Nachtkästchens."

Die nächste Frage stellte Schöninger nur ungern, denn die war ihm sichtlich peinlich.

„Verstehen sie mich nicht falsch, aber hatte er dahin keinen Zutritt?"

„Wo denken sie hin?", fragte die Schneiderin empört. „Selbstverständlich nicht. Seit dem Tod meines Mannes war niemand mehr in meinem Schlafzimmer als ich selbst."

Schöninger wünschte sich die Frage nicht gestellt zu haben, aber irgendwie schien ihn die Antwort auch zufrieden zu stellen.

„Hören sie, zwischen mir und William läuft nichts, auch wenn es da Gerüchte gibt. Ich hätte eben erwähnen sollen dass man mir eine Frau Triathletin zuteilen solle und keinen Herrn Triathlet."

„Tut mir leid", antwortete der Kommissar „Ich wollte nicht zu persönlich werden."

„Schon gut, sie machen auch nur ihren Job. Wenn sie wollen kann ich ihnen gerne zeigen, wo der Schlüssel liegt. Und auch dass er noch da ist."

„Das wäre sehr nett", antwortete Schöninger und folgte der Schneiderin in die obere Etage um das Versteck in Augenschein zu nehmen. Einen Augenblick später erschien Kollege Moosgruber im Flur und musste feststellen dass er alleine war.

„Walter?", fragte er in die Stille hinein.

„Walter!?", rief er etwas lauter. „Wo steckst du?"

„Ich komme gleich wieder", vernahm er als Antwort und schritt grummelnd den Gang auf und ab. Gleich darauf kamen Schöninger und die Schneiderin die Treppe herunter.

„Was war denn jetzt?", fragte er verwirrt.

„Wie waren nur kurz oben im Schlafzimmer", antwortete Schöninger.

Moosgruber verschlug es die Sprache und er rang nach den passenden Worten.

„Nein, nicht was du jetzt denkst. Frau Schneider hat mir das Versteck des Schlüssels gezeigt", fügte Schöninger, dem die Doppeldeutigkeit seiner Worte gerade Bewusst geworden war, schnell hinzu.

„Na, und ich dachte schon… wie dem auch sei, ich habe mit dem Revier telefoniert und eine Fahndung veranlasst. Ein internationaler Haftbefehl ist auch schon durch."

Und eine Zigarette hast du dir durchgezogen, dachte Schöninger dem der Rauchgestank nicht entgangen war.

„So, dann lass und jetzt mal in aller Ruhe nachdenken. Versuchen wir den gestrigen Tag zu rekonstruieren", sagte Moosgruber und setzte sich an den Küchentisch. Mit einer Handbewegung zeigte er der Schneiderin an es ihm gleichzutun. Schöninger setzte sich ebenfalls.

„Jetzt überlegen sie bitte ganz genau bevor sie antworten", begann Moosgruber und blickte ihr eindringlich in die Augen. „Hat Helmsley irgendwas gesagt wo er hingehen wollte oder was er sonst noch vorgehabt hätte bevor er zurück nach England fliegen wollte?"

Die Schneiderin überlegte einen Moment starrte dabei auf ihre Hände und sagte dann schließlich: „Ich bin mir nicht ganz sicher, aber ich glaube er hat was von einem Pressetermin gesagt. Solche hatte er die die Tage öfter, also nichts Besonderes. Aber in dem Fall schien er sehr nervös zu sein, er erzählte auch nicht weiter davon wie er es sonst zu tun pflegte. Das war Nachmittag, ich glaube um fünf hatte er den Termin."

„Und sie haben sich keine Sorgen gemacht als er nicht zurück kehrte?", fragte Moosgruber.

„Nein, nicht wirklich. Erstens habe ich sein fehlen erst heute Morgen beim Frühstück servieren bemerkt, denn er hat ja im Obergeschoss seinen eigenen Wohnbereich. Außerdem bin ich weder seine Mutter, noch seine Frau."

Apropos Mutter, dachte Schöninger. Nach der sollte ich gelegentlich auch mal wieder sehen.

„Wissen sie wo das Treffen stattfinden sollte?"

„Wenn ich mich richtig erinnere hat er irgendwas von einem Cafe in Schwabach gesagt. Aber wie hieß es noch mal…" Die Schneiderin überlegte fieberhaft und schielte dabei zur Decke.

„Vielleicht das Adriana?", warf Schöninger ein.

„Stimmt, das könnte es gewesen sein. Woher wissen sie das?"

93

„Ich hab einfach mal geraten, ich war letzte Woche mit Mutti drin",
antworte Schöninger und wünschte sich den letzten Teil nicht laut
ausgesprochen zu haben.

„Dann würde ich sagen wir fahren augenblicklich da hin, vielleicht
kann sich jemand an ihn erinnern."

*

In Schwabach angekommen war es ein leichtes das besagte Cafe zu
finden. Nur die Parkplatzsuche gestaltete sich etwas schwierig.
Kurzerhand beschloss Moosgruber den Dienstwagen in zweiter Reihe
zu parken, nicht ohne vorher das Blaulicht auf dem Dach befestigt zu
haben um den zivilen BMW als Polizeiauto im Einsatz kenntlich zu
machen.

„Hallo, die Herrschaften" ,wurden sie von dem jungen Kellner
begrüßt, der seine Haarspitzen in bester Bart Simpson Manier gestylt
hatte. Ein flüchtiger Blick Moosgrubers zu Schöninger zeigte ihm
dass er hier privat bestimmt nicht verkehren würde.

„Zwei Personen? Dieser Tisch hier wäre noch frei." Der Kellner
trat auf sie zu deutete auf einen Zweiertisch am Fenster.

„Danke", sagte Moosgruber „Aber wir würden viel lieber am
Tresen sitzen."

„Wie sie wollen", antwortete der Kellner und wandte sich zurück
an die Bar.

Die beiden Kommissare setzten sich ihm gegenüber.

„Was darfst denn sein?", fragte der Kellner, während er noch
schnell ein Glas polierte.

„Ein paar Informationen dürften es sein", antwortete Moosgruber.

Dass der Herr Kollege immer gleich so direkt werden muss, dachte
Schöninger und beschloss diese Eigenheit ganz bestimmt nicht zu
übernehmen.

„Wie meinen?", fragte der Kellner verdutzt, legte sein Geschirrtuch zur Seite und beugte sich zu Moosgruber hinüber. Dieser zückte lässig seinen Dienstausweiß.

„Kripo Nürnberg, Moosgruber mein Name, das hier ist mein Kollege Schöninger."

„Oha."

„Wer hatte gestern gegen fünf hier Dienst? Waren sie das?"

„Ja", antwortete der Kellner zögerlich.

„Darf ich ihren Namen erfahren?"

„Neubauer, Steffen. Um was geht's denn jetzt eigentlich?"

Ein Gast rief nach der Rechnung.

„Einen Augenblick", rief Steffen hinüber.

„Wir ermitteln in der Mordsache um den Triathlet Brock Coleman, sie haben bestimmt schon davon gehört."

„Sicher doch. Wer nicht?", fragte er rhetorisch.

Moosgruber zog eine Triathlonzeitschrift aus seiner Manteltasche.

„Tut mir leid, aber auf die schnelle war kein anderes Foto aufzutreiben."

Er blätterte darin und blieb bei einem Artikel über William Helsmley stehen. Er legte die Zeitschrift auf den Tresen, so dass Steffen das Heft einsehen konnte.

„Das ist William Helmsley, englischer Profi-Triathlet. Kennen sie den?"

„Ja, klar. Ich glaube so ziemlich jeder verfolgt hier in der Gegend die Challenge. Die Athleten sind doch bekannt wie ein bunter Hund. Und das Beste ist, gestern war er auch noch hier. Genau dort drüben ist er gesessen." Der Kellner Steffen zeigte zu dem Vierer Tisch in der Ecke.

„Genau das wollte ich hören."

„War er allein?", fragte Schöninger, der sich nun auch einbrachte.

„Nein, da saßen noch zwei Typen bei ihm am Tisch. Den einen kenne ich vom sehen her, der war auch schon ein paar Mal hier, aber meist allein. Den anderen kannte ich jedoch nicht."

„Was wissen sie denn genau von dem, den sie vom Sehen her

kennen?"

„Wie gesagt, ich kenne ihn nur vom sehen her. Ich denke, er wohnt hier in Schwabach, da ich ihn hier desöfteren gesehen habe. Beim Einkaufen oder so. Ich schätze er dürfte etwa Ende dreißig, Anfang vierzig sein. Mehr kann ich ihnen leider nicht sagen."

„Habe sie mitgekriegt über was sie sich unterhalten haben?"

„Nein nicht wirklich. Hier am Tresen bin ich zu weit weg und wenn ich an den Tisch gekommen bin verstummten die Gespräche. Das ist aber oft so, also nicht weiter ungewöhnlich."

„Zahlen, bitte!", rief der Gast erneut, der jetzt langsam ungeduldig wurde.

„Ja, ja", rief Steffen zurück und entschuldigte sich kurz bei den Kommissaren um kassieren zu gehen.

„Was meinst du zu der Sache?", fragte Moosgruber seinen Kollegen.

„Bisher noch nicht viel. Das werden wohl zwei Zeitungsfritzen gewesen sein. Die Schneiderin hat ja von einem Pressetermin erzählt."

Der Wirt kam zurück.

„Ach ja, da war noch was." Steffen wühlte im Schubladen unter dem Tressen und zog eine Visitenkarte hervor und schob sie den Kripo Beamten hinüber.

„Diese Karte habe ich gestern beim Saubermachen unter dem Tisch gefunden. Vielleicht ist das irgendwie relevant. Ich glaube da geht es um Zeitfahrräder oder so."

Schöninger nahm die Karte an sich und staunte nicht schlecht. Eine Visitenkarte mit dem Firmenemblem von Masterbike. Da ist ja wie in einem klassischen Fernsehkrimi, dachte er und konnte sich ein Grinsen nicht verkneifen.

„Ich glaube die Karte könnte uns sehr weiterhelfen", sagte er schließlich. Moosgruber war weniger überzeugt.

„Schön und gut", sagte er „Aber was hilft uns die Karte weiter? Das beweist noch lange nicht dass die beiden Männer wirklich von Masterbike waren. Die Karte kann Helmsley schon länger eingeschoben und meinetwegen beim Zahlen verloren haben."

„Um das herauszufinden rufen wir einfach mal bei diesem, lass mich kurz sehen, Duke McIntyre an."

„Das mache ich", sagte Moosgruber und nahm die Karte an sich.

„Gut, denn ich muss jetzt mal zur Pension nach Hilpoltstein raus und nach Mutter sehen. Wir hätten sie nicht einfach so da einschleusen sollen."

„Ihr gefällt es dort doch, oder?"

„Ja schon."

„Dann ist es ja gut."

„Wollen sie vielleicht jetzt etwas trinken?", fragte Steffen, der sich langsam überflüssig vorkam.

„Nein, danke. Wir sind auch schon wieder weg", sagte Moosgruber, setzte seinen Hut auf, erhob sich und nickte ihm stumm zum Gruße zu.

*

Schöninger fuhr mit seinem privaten Mercedes raus zu Baumgartnerischen Pension. Er hoffte seine Mutter alleine antreffen zu können. Die Baumgartnerin musste ja nicht zwingend wissen dass die Mutter eines Kriminalpolizisten bei ihr wohnt. So sollte sie unbefangen reden können und hoffentlich doch was zur Lösung des Falls beitragen. Schöninger war schon gespannt auf das Telefonat Moosgrubers mit Masterbike. Er würde Max gleich nach dem Besuch bei seiner Mutter anrufen. Schöninger läutete und schon bald öffnete man ihm die Tür. Natürlich öffnete die Baumgartnerin persönlich die Tür. Das war ja klar bei meinem Glück, dachte er und hoffte inständig dass ihn die Baumgartnerin nicht erkannte. Diese betrachtete ihn aber sogleich misstrauisch.

„Hallo", sagte Schöninger. „Ich hätte gerne die Frau Schöninger besucht. Ist sie da?"

„Ja, die ist da. Folgen sie mir einfach." Die alte Frau drehte sich um, ging Richtung Aufenthaltsraum und Schöninger folgte ihr. Gott sei Dank hat sie mich nicht erkannt, dachte er und ward sichtlich erleichtert.

„Sind sie nicht einer dieser Polizisten von der Kripo?", fragte sie und blieb einen Moment stehen.

„Nein, wie kommen sie denn darauf", antwortete er ihr und dachte im stillen, Nein, ich bin nämlich Kommissar und kein einfacher Polizist. Mit dieser Halbwahrheit konnte er gut leben, fand er, und entdeckte auch schon seine Mutter, die am Tisch saß und Schach spielte. Natürlich mit der Baumgartnerin. Diese entschuldigte sich und verschwand in der Küche.

„Grüß dich, Walter", begrüßte sie ihn freudig. „Sag mal, stimmt dass das die Königin im Spiel von jeder beliebigen Figur ersetzt werden kann?"

„Ja, wenn es einer deiner Bauern bis ans Feldende schafft. Hast du kurz Zeit? Ich hätte dich gerne unter vier Augen gesprochen."

„Natürlich, mein Sohn", sagte sie und erhob sich um mit ihm in ihr Zimmer zurück zuziehen.

Als sie die Tür hinter sich schloss fragte Schöninger gleich, ob sie irgendwas zu berichten weiß.

„Ich weiß nicht", antwortete sie jedoch. „Die Frau Baumgartner scheint eine nette Frau zu sein und ich glaube nicht dass sie auch im Entferntesten mit dem Mord was zu tun hat. Tee?" Bevor Schöninger antworten konnte, stellte sie auch schon zwei Tassen auf den Tisch.

„Ähm, ja , danke. Das denke ich auch nicht. Aber Fakt ist, dass der Täter aus dem Umfeld der Pension stammen kann. Und ihr abweisendes Verhalten mir und Moosgruber gegenüber macht sie auch nicht gerade vertrauensseliger."

Aus der Thermoskanne schenkte sie heißes Wasser in den Tee während sie antwortete.

„Sie spricht halt einfach nicht gerne mit Polizisten. Das hat sie mir selbst gesagt. Ich glaube sie fühlt sich einfach ein wenig mitschuldig, weil es in ihrer Pension passiert ist."

„Kann die überhaupt noch ruhig schlafen? Ich meine eine alte Frau steckt das ja nicht so ohne weiteres weg. Die meisten fürchten sich ja schon wenn sie Akten Zeichen XY geguckt haben und lassen tagelang das Licht brennen."

„Ihr Sohn kommt in letzter Zeit viel zu Besuch", antwortete sie und schlürfte an ihrem viel zu heißen Tee. „So oft wie die letzten Tage war er das ganze letzte Jahr nicht da, erzählte sie mir."

„Ihr Sohn? Ich dachte die Baumgartnerin hätte nur eine Tochter."

„Doch, doch, aber wie gesagt, die sahen sich bisher nicht mehr so oft."

„Wohnt der nicht mehr hier?"

„Nein, aber ich glaube er wohnt nicht allzu weit weg. Er ist wohl ein bisschen das Sorgenkind, der Baumgartnerin. Hält sich mit Gelegenheitsjobs über Wasser und ist immer noch unverheiratet."

„He, soll das eine Anspielung sein?", fragte Schöninger empört.

„Wie? Ach so, wegen dem verheiratet sein. Nein, lass dir nur Zeit, du hast ja noch mich", antwortete die Schöninger und tätschelte ihrem Sohn das Haar. Widerwillig lies Schöninger sich das gefallen. Er überlegte eine Weile.

„Und der Sohn, hat der auch einen Schlüssel?"

„Das weiß ich nicht. Er kommt gewöhnlich unterm Tag und da ist die Hintertür nie versperrt." Die Schöningerin hielt einen Moment inne und blickte starr ins leere. Ihr Sohn spürte dass sie was auf den Herzen hatte.

„Mama, willst du mir noch was bestimmtes sagen?"

Mutter war sofort klar dass ihr Sohn, ganz der Polizist der er war, gleich wusste das sie ihm noch was sagen wollte, dass sie jedoch in einen Gewissenskonflikt brachte. Einerseits will sie ihren Sohn mit allen Mittel in diesem Fall unterstützen, auf der anderen Seite hegte sie in schlechtes Gewissens gegenüber der Baumgartnerin, die sie so freundlich aufgenommen hatte und mit der sie Freundschaft geschlossen hat und mittlerweile umsonst hier wohnen bleiben lässt.

„Weißt du Walter, ich finde es nicht richtig dass ich die Frau so ausspionieren soll."

Sie schluckte und fuhr fort. „Und ich werde da nicht mehr mitmachen. Das gehört sich einfach nicht und ich habe schon Schuldgefühle gegenüber der Baumgartnerin.

„Das ist schon in Ordnung, Mama. Ich glaube wir werden sowieso nichts Relevantes mehr erfahren. Wenn du willst, fahre ich dich heute noch nach Hause."

„Nicht doch, Walter. Ich bleibe gerne noch. Daheim bin ich meist allein, weil du soviel arbeitest oder im Training bist. Hier ist das anders, die Baumgartnerin ist auch allein und hat viel Zeit, da die Pension nicht gut läuft und wir machen ständig zusammen was, und wenn wir nur Kaffee trinken. Mir ist keinen Augenblick langweilig. Heute Abend zum Beispiel werden wir zu diesem Italiener um die Ecke gehen."

Oh oh, da meldet sich mein schlechtes Gewissen, dachte Schöninger und wusste nicht was er darauf sagen sollte. Aber er war natürlich froh dass seine Mutter jemanden gefunden hat, mit dem sie den Tag verbringen kann.

„Ok, melde dich bitte wenn du was brauchst. Ansonsten schaue ich übermorgen wieder vorbei."

Schöningers Mutter begleite ihn noch bis zur Zimmertür.

„Machs gut mein Sohn. Ich hoffe du erwischt den Täter bald." Sie drückte ihm noch einen Kuss auf die Backe.

Während Schöninger die schweren Holzstufen herabschritt, überlegte er wie der Täter wohl in die Pension und an den Schlüssel gelangt sein konnte. Er beschloss sich die Hintertür genauer anzusehen. Als er die Tür durchschritt, spürte er einen dumpfen Schlag und ihm wurde schwarz vor Augen.

*

Auf dem Revier versuchte währenddessen Kommissar Moosgruber die Nummer auf der Visitenkarte anzurufen. Doch die Leitung war jedes Mal belegt. Nach jedem vergeblichen Versuch starrte er die Karte in der Hand an und überlegte wie Masterbike in das Puzzle passen könnte. Er war sich sicher, dass es sich in diesem Cafe in Schwabach um ein Gespräch mit dem Sponsoren handeln musste. Wie es schien zog Helmsley mit Masterbike einen absoluten Premiumpartner an Land. Und ausgerechnet den, der zuvor Brock Coleman unterstützt hatte. Zufall? Wenn Helmsley wenigstens aufzufinden wäre. Wenn er was mit dem Mord zu tun hatte, warum ist er dann nicht gleich abgetaucht? Wahrscheinlich weil dann klar gewesen wäre dass er der Täter war. Also blieb er noch ein paar Tage und als der Boden zu heiß wurde, sah er zu dass er Land gewann. Irgendwie war das auch unlogisch. Moosgruber griff erneut zum Telefon, diesmal aber um Schöninger zu erreichen. Mailbox. Verdammt, wie ich so was hasse, schimpfte Moosgruber. Für was hat heutzutage jeder ein Handy, wenn er trotzdem nicht zu erreichen ist.

Es klopfte.

„Herein", bat Moosgruber und blickte über seine Nickelbrille die ihm als Lesehilfe diente.

„Ah, Elmar. Komm herein und setzt dich. Sag mal, weißt du Schöninger steckt? Ich erreiche ihn schon seit Stunden nicht mehr."

Heinl ließ sich auf den Stuhl gegenüber nieder. Schweigend schüttelte er den Kopf.

„Er wollte nur kurz zu seiner Mutter in die Pension der Baumgarnerin rausfahren."

„Max, es gibt Neuigkeiten in Sachen William Helmsley", sagte Heinl und Moosgruber spürte dass ihm nicht recht wohl in der Haut war.

„Na, dann spuck schon aus. Wo ist er?" Für Moosgruber war dies die beste Nachricht des Tages und er war schon dran seinen Mantel überzuziehen und mit Helmsley ein paar Takte zu reden.

„Er ist tot, Max", rückte Heinl endlich mit der ganzen Wahrheit heraus.

„Was?", fragte Moosgruber ungläubig.

„Helmsley ist tot", sagte Heinl erneut.

„Ja das hab ich verstanden. Hat er sich etwa umgebracht?"

„Wie es aussieht war es kein Selbstmord. Die Leiche wurde gerade erst gefunden. Sie befindet sich noch am Fundort am Main-Donau-Kanal. Wenn ihr gleich aufbrecht, könnt ihr sie noch sehen."

„Eine Wasserleiche? Nein, danke. Das sollen die Leute von der Gerichtsmedizin übernehmen. Solange ich relativ Entscheidungsfrei bin tue ich mir das nicht mehr an."

„Ich kann es dir nicht verdenken."

„Du hast sie gesehen, nicht?"

Heinl nickte.

Moosgruber griff nach seinem Mantel und setzte seinen Hut auf den Kopf. „Ich gehe eine Runde spazieren. Ich muss jetzt in Ruhe nachdenken können. Wenn du was von Schöninger hörst rufst du mich sofort auf dem Handy an."

*

Mit brummendem Schädel erwachte Schöninger. Benommen blickte er sich um. Er musste sich in einem Keller befinden, stellte er aufgrund der Betonwände und des fehlenden Tageslichts fest. Er versuchte sich mühsam zu erinnern was passiert war. Er erinnerte sich an den Besuch bei seiner Mutter in der Pension. Und dann? Er erinnerte sich nicht mehr. Schöninger versuchte sich aufzurichten. Die gefesselten Arme und Beine hinderten ihn aber daran. Er fror. Obwohl es Juli war, waren die nackten Fliesen, auf denen er lag, eiskalt. Dass er entführt wurde, war ihm spätestens beim Anblick seiner Fesseln klar, aber weshalb? Und vor allem, von wem? Oberhalb vernahm er Schritte. Also wer er schon mal nicht ganz allein. Er sah sich weiter um, vielleicht brachte ihm irgendein Detail einen Hinweis an welchem Ort er gefangen gehalten wurde. Aber alles was er vorfand waren ein halbleeres Weinregal, ein paar uralte Ski und eine große, mit einem Vorhängeschloss versehene Kiste. Dies brachte ihn nicht viel weiter. Wie spät es wohl war? Die auf dem Rücken gefesselten Arme ließen einen Blick auf die Uhr nicht zu. Durch das kleine vergitterte Fenster erkannte er jedoch die letzten Sonnenstrahlen. Es war wohl etwa halb neun Abends, vermutete er. Also würde man mich auf dem Revier bestimmt schon vermissen. Immerhin erwartete Moosgruber mich gleich nach dem Besuch bei Mutter.

Schöninger ließ seine Gedanken weiter kreisen. Ob die Entführung wohl mit dem Mord an Brock Coleman zu tun hatte? Dessen war er sich eigentlich sicher. Ob Helmsley dahinter steckt? Womöglich wollte er vor seinem endgültigen Verschwinden noch die zwei Hauptermittler loswerden. Womöglich hatte er Moosgruber auch schon erwischt? Aber Schöninger war noch am Leben, also würde es Moosgruber auch noch sein. Der oder die Entführer würden also noch irgendwas vorhaben, das stand schon mal fest. Unter einem lang gezogenen ächzen öffnete sich just in diesem Moment die Türe. Herein traten zwei Männer um die vierzig. Der eine machte mit seinem schulterlangen schütterem Haar und seinem ungepflegten Vollbart einen ziemlich verwahrlosten Eindruck. Der andere schien genau das Gegenteil zu sein. Das Haar kurz geschnitten und nach hinten gegellt, das Gesicht rasiert und im feinen Anzug. Wer immer die Männer auch waren, auf jeden Fall war keiner von ihnen William Helmlsey.

„Wird ja Zeit dass du endlich aufwachst, du Socke. Ich dachte schon ich hätte dich umgebracht."

Der Ton entsprach jedenfalls dem Auftreten des Bärtigen. Der Anzugträger beugte sich über Schöninger blickte ihn eindringlich an und fragte: „Where`s the Thunderhawk?"

Aha, daher bläst der Wind. Die beiden sind hinter dem Masterbike von Coleman her. Schöninger versuchte ein wenig auf Zeit zu spielen. Da scheinbar nur der eine englisch sprach, antwortete er auf Deutsch.

„Was meinst du mit 'Thunderhawk'? Was soll das ein?"

„Brock Colemans Thunderhawk meint er natürlich. Das Fahrrad auf dem er die Challenge bestreiten wollte. Sag schon!"

Der Bärtige unterstrich seine Forderung indem er Schöninger einen Tritt auf den Oberschenkel versetzte.

Au, das tut weh, du Arsch, dachte Schöninger und biss sich auf die Lippen.

„Ihr meint das Masterbike?"

„Ja! Und jetzt raus mit der Sprache."

„Woher soll ich das wissen?" Mal sehen wie viel er weiß.

„Weil du der Herr Kommissar bist, der seine Mutter auf meine gehetzt hat. Also noch mal, wo ist das Rad?"

Oha, der Kerl weiß mehr als mir lieb ist. Jedenfalls habe ich gerade den Sohn der Baumgartnerin kennen gelernt.

„Das Rad steht unter Verschluss bis die Ermittlungen abgeschlossen sind."

Der Anzugträger, der den Dialog bisher stumm verfolgte, schien nun auch ungeduldig zu werden. Er begann im Raum auf und ab zu gehen und seiner Gestik nach zu schließen, forderte er den Sohn der Bamgartnerin auf sich zu beeilen und die gewünschte Information endlich herauszufinden.

„Du bringst uns sofort zum dem scheiß Fahrrad!", brüllte der Sohn Schöninger an und packte ihn am Hemdkragen.

„Was wollt ihr mit dem Rad? Es verkaufen?"

„Das kann dir egal sein. Du bringst uns sofort zum Rad, oder…"

„…Oder was?"

„Oder deine Mutter wird meinen kleinen Freund hier kennen lernen." Der Sohn der Baumgartnerin zog eine Pistole aus seinem Hosenbund und hielt ihn Schöninger unter die Nase.

Scheiße nein, dachte Schöninger der sich nun bereits im Klaren darüber war, wo er sich befand. Im Keller der Pension. Seine Mutter war nun in ernster Gefahr und er hatte sie auch noch in diese gebracht. Schöninger vermutete dass der Sohn ihn erkannte und ziemlich bald das Spiel durchschaute das er mit Hilfe seiner Mutter einfädelte. Der Anzugträger sagte dem Sohn der Baumgrtnerin, der sich daraufhin von Schöninger abwand, etwas auf Englisch, was Schöninger allerdings aufgrund der Distanz nicht verstand. Aber er würde es wohl bald erfahren, denn der Bärtige trat erneut auf ihn zu.

„Wir kommen wieder wenn es dunkel ist. Dann sieht uns keiner wenn wir unterwegs sein werden."

„Was ist mit meiner Mutter?", fragte Schöninger verärgert und zugleich besorgt.

„Der wird nichts geschehen. Vorausgesetzt du arbeitest zufrieden stellend mit uns zusammen."

Während er dies sprach verlies der Anzugträger bereits den Kellerraum. Der Sohn der Baumgartnerin folgte ihm sogleich. Schöninger vernahm noch das Knarren des Schlosses.

*

Kriminalkommissar Max Moosgruber machte währenddessen einen Spaziergang durch die Nürnberger Innenstadt. Er versuchte einen klaren Gedanken fassen zu können und im Rother Mordfall weiter zu kommen. Immer wieder langte er in die Manteltasche und griff nach seinem Handy um zu sehen ob Kollege Heinl oder gar der Schöninger sich gemeldet hatten. Für Moosgruber war der Fall schon so gut wie abgeschlossen. Alles sprach für William Helmsley als Täter. Er hatte durch die innige Rivalität ein Motiv und hatte die Möglichkeit via Schlüssel ganz einfach in die Pension zu gelangen. Das Alibi, das ihm die Schneiderin gab, war etwas mehr als schwammig und das Treffen mit den Herrschaften von Masterbike tat noch sein übriges dazu. Solange Coleman den Thunderhawk fuhr, war es für Helmsley unmöglich einen Deal mit Masterbike zu ergattern. Nun standen ihm alle Türen offen. Das Thema Masterbike schien ihn sowieso die ganze Zeit über zu verfolgen. Warum alle so scharf auf den Renner waren verstand er sowieso nicht. Sicher, es war perfekt designt und die Ausstattung lies auch keine Wünsche offen. Aber da musste doch noch mehr dahinter stecken. Von daher beschloss Moosgruber gleich nach seiner Ankunft auf dem Revier das Rad nochmals genau durchchecken zu lassen. Wenn er nur mit einem Mitarbeiter der Firma sprechen könnte. Da fiel ihm die Visitenkarte aus dem Cafe wieder ein. Schnell zog er sie aus der Brusttasche seines Hemdes und wählte die Nummer auf seinem Handy. Ein Freizeichen erklang. Das war schon mal etwas Positives.

„Hello?", meldete sich eine männliche Stimme.

„Hallo? Hier ist Kommissar Moosgruber von der Kripo Nürnberg", stellte Moosgruber sich vor.

„Hello?", meldete sich die Stimme erneut. „Do you speak englisch?"

Hoppla, der spricht nur englisch, merkte Moosgruber nun und stellte sich erneut vor.

„My name is Moosgruber from the Police of Nuremberg."

„Did you say, the Police?"

„Yes. I have a few questions for you."

Moosgruber erhielt keine Antwort.

„Hallo? Verdammt, aufgelegt! Was stelle ich mich aber auch gleich als Polizist vor."

Während Moosgruber sich über sich selbst ärgerte steckte er das Mobiltelefon wieder zurück in die Manteltasche. Auf jeden Fall wusste er jetzt dass Masterbike wohl auch nicht ganz unschuldig an der Situation war. Eiligst machte er sich auf den Weg zurück auf das Revier um das Triathlonrad untersuchen zu lassen. Er war sicher, hier würde die Lösung des Falles liegen. Oder zumindest würde die richtige Richtung vorgegeben werden.

Wenige Minuten später, Moosgruber rannte fast zum Revier was ihm irritierte Blicke der Passanten bescherte, erreichte er die

Polizeiinspektion und bat gleich die Bürohilfe Regina sie solle den Kollegen Sterling von der Spurensicherung informieren. Dieser musste sich trotz der späten Stunde noch im Gebäude aufhalten. Moosgruber suchte derweil das Büro von Heinl auf und erzählte ihm von seinem konkreten Verdacht und dem Vorhaben.

„Ja, so was in der Richtung habe ich auch schon vermutet, Max. Aber bald werden wir Gewissheit haben."

„Mir lässt nur der Walter keine Ruhe", sagte Moosgruber nachdenklich. „Das ist gar nicht seine Art."

„Vielleicht hat er sich ja endlich mal verliebt?", grinste Heinl.

„Das kann gut möglich sein. Aber ich denke ich fahre hernach raus zur Pension und schaue mal nach. Seine Mutter wird mir vielleicht auch weiterhelfen können."

„Wolltest du heute nicht mal pünktlich Feierabend machen? Ich dachte bei dir hängt mittlerweile schon der Haussegen schief."

„Tut er auch. Aber der Fall geht nun mal vor. Ich kann doch nicht, wenn ich gerade eine heiße Spur verfolge, aufstehen und sagen: So, jetzt ist Feierabend ich gehe jetzt nach Hause. Macht mal schön ohne mich weiter. Das geht nicht. Ich bin der leitende Ermittler, ich muss halt ständig präsent sein. Aber ich habe Marianne versprochen heute rechtzeitig Heim zukommen und sie wollte uns was Leckeres kochen. Der Besuch bei der Schöningerin wird schon nicht allzu lange dauern."

„Sie ist immer noch in der Pension?"

„Ja, auf eigenen Wunsch. Ihr gefällt es so gut bei der Baumgartnerin. Die beiden verstehen sich blendend."

„Dann hat die Sache ja auch was Gutes."

„Ich glaube der Frau Schöninger tut der Tapetenwechsel richtig wohl."

Es klopfte und Regina betrat das Büro.

„Herr Sterling von der Spurensicherung bitten sie nach unten in den Keller zu kommen. Er würde sie gerne dabei haben."

„Ja, dann lass uns aufbrechen", beschloss Moosgruber und zog seinen Mantel an. Im Keller des Polizeigebäudes war es üblicherweise selbst im Sommer zu kalt.

Die beiden Männer machten sich auf den Weg. Im Lager angekommen waren bereits zwei Herren dabei das Rad zu zerlegen. Einer der beiden schritt gleich auf sie zu.

„Max, Elmar, Grüsse euch. Es ist jetzt nicht ganz mein Job, so ein Rad auseinander zunehmen, deswegen habe ich mir Hilfe von einem guten Bekannten geholt." Er deute auf den Mann neben sich.

„Erich Nelke, ein sehr vertrauenswürdige Person und sehr kompetent in Sachen Zweiradmechanik. Ihm vertraue ich auch privat mein Rad an."

„Sehr gut", sagte Moosgruber „Haben sie nicht diesen großen Laden hier in der Stadt?"

„Richtig. Wenn sie also mal ein neues Rad brauchen, kommen sie ruhig zu mir", antwortete Nelke mehr im Scherz.

„Danke, aber mein Rad anno neunzehnhundertachtundsiebzig tut es noch wie am ersten Tag. Habt ihr schon was entdeckt?"

„Beim ersten Rundumblick ist uns bis auf die Tatsache das dieses Zeitfahrrad ein regelrechter Traum ist, ist uns noch nichts außergewöhnliches aufgefallen. Nun ja, und dass der Rahmen, dafür dass er aus Carbon ist, doch ein wenig auffällig schwer ist.''

„Die Manipulation von dem Sicherheitsdienst ist ja bereits bekannt, das lassen wir jetzt mal außen vor", sagte Sterling.

„Ist das mit dem Gewicht ziemlich ungewöhnlich?", wollte Moosgruber wissen.

„Sicherlich, denn man kauft sich in erster Linie einen Carbonrahmen um Gewicht zu sparen und dieser Rahmen ist definitiv zu schwer."

„Tja, da hilft nur eins."

„Und was?"

„Die Säge."

„Die Säge?"

„Die Säge. Und zwar sofort."

Nelke verschwand kurz in die angrenzende Werkstatt und tauchte mit einer Laubsäge wieder auf.

„Ja, die wird es schon tun. Walten sie ihres Amtes, Herr Nelke und schneiden sie den Rahmen auf'", befahl Moosgruber feierlich.

Nelke setzte das Werkzeug an. Der Rahmen lies sich wie Butter schneiden. Als er fertig war, trauten sie ihren Augen nicht. Der Rahmen war gefüllt mit weißem Pulver.

Moosgruber war der erste der seine Sprache wieder fand. „Für das braucht Masterbike eine verdammt gute Erklärung."

„Eventuell haben wir hier das Motiv für die Ermordung an Brock Coleman", stellte Heinl fest und schob seine Brille zurecht. Auch Nelke war mehr als überrascht. „Also so was habe ich in den ganzen dreißig Jahren in denen ich an Fahrrädern schraube noch nicht erlebt."

„Ein Triathlonrad als Versteck für Drogen. Auf das muss man erst einmal kommen. Das ist ja fast schon genial." Heinl zeigte sich begeistert was ihm einen strafenden Blick seitens Moosgruber einbrachte.

„Jetzt ist die nächste große Frage, was wusste Coleman von der ganzen Sache?"

„Glaubst du er hat was von dem Zeug genommen, Max?"

„Nein. Laut Gerichtsmedizinischer Untersuchung war Coleman sauber."

„Ich denke jetzt kann uns nur Masterbike selber weiterhelfen."

„Richtig, Heinl. Suchst du alle Informationen über Masterbike zusammen. Du weit schon, wer der Geschäftsführer ist, Eintrag ins Handelsregister und so weiter", bat Moosgruber seinen Kollegen.

„Ich werde meinen guten Draht zur Triathlonszene nutzen um vielleicht noch mehr herauszufinden."

Moosgruber zog sein Handy aus der Jackentasche und wählte die Nummer Beth Michelles.

*

Die Minuten fühlten sich für Kommissar Schöninger wie Stunden an. Die Ungewissheit die an ihm nagte ließ die Zeit schwerfällig erscheinen und die Fesseln schnitten sich nun bereits bei kleineren Bewegungen in de Haut. Sein Handy, wenn er es denn dabei hätte, könnte er ohnehin nicht erreichen so eingeengt wie er war. So war es halb so schlimm dass er das Mobiltelefon im Wagen liegen gelassen hatte. Außerdem haben der Baumgartner Junior und der Anzugträger bestimmt die Taschen durchsucht als er kurz außer Gefecht gewesen war.

Sein Blick schweifte im Raum heraum, mehr konnte er nicht tun. Auf den alten Skiern, die in der Ecke standen versuchte er einen Namen, der mit Edding geschrieben stand, zu entziffern. Der lange Name würde Baumgartner heißen, das konnte er aufgrund der Länge des Namen, des großen geschwungen "B"s und dem unterstreichenden "g"s gut erkennen. Der Vorname schien relativ kurz zu sein. Karl. Schöninger las den Namen Karl ab. Er konnte den Namen nicht zu hundert Prozent ablesen, aber das "K" und das "l" deuteten unverkennbar darauf hin. Der Sohn hieß also Karl. Oder war das der Name des Vaters? Egal, dachte Schöninger, für ihn war der Sohn jetzt der Karl.

Es war nun bereits stockdunkel draußen, das heißt die beiden würden bald zurückkehren. Und dann? Schöninger hoffte inständig dass die Drohung die seine Mutter betraf nur leere Worte waren und ihn so nur versuchten unter Druck zusetzen. Wieviel wohl die Baumgartnerin von den Machenschaften ihres Sohnes wusste? Immerhin war sie ja so abweisend der Polizei gegenüber. Und wer war eigentlich der andere Kerl, der nur englisch sprach? Und was Schöninger am allermeisten interessierte: Warum war den beiden soviel an dem Thunderhawk von Masterbike gelegen? Bald würde er Antworten auf die Fragen bekommen, denn schon knarrte die alte Holztür wieder und Karl, der Sohn der Baumgartnerin, betrat allein

110

und auf leisen Sohlen den Kellerraum.

„Die Denkpause dauert noch ein wenig an, Herr Kommissar", sagte Karl voll Hohn in der Stimme. „Du darfst mich bald zu diesem vermaledeiten Fahrrad bringen, aber wir warten noch auf meinen Kumpel aus England. Danach lass ich dich vielleicht sogar wieder laufen."

„Das Rad ist im Keller vom Polizeirevier eingeschlossen. Ich kann da nicht einfach mit einem Besucher hineinspazieren."

„Dann gehst du eben allein hinein. Aber denke immer daran. Ich habe deine Mutter in meiner Hand."

Das war der Punkt an dem Schöninger noch zu knappern hatte. Es wäre ein leichtes für ihn den Karl früher oder später zu überwältigen, aber seine Mutter wollte er keineswegs in Gefahr bringen. Schöninger war das Rsiko zu groß dass der Sohn der Baumgartnerin nicht bluffte und seine Mutter währenddessen dem unbekannten Anzugträger ausgesetzt sein würde. Schöninger hörte eine Stimme rufen. Karl ebenso denn er hielt einen Moment inne. Er ignorierte den Ruf und wandte sich wieder dem Kommissar zu. Erneut ein Ruf. Karl ließ von Schöninger ab.

„Ein ungebetener Besucher. Ich bin gleich zurück." Karl rannte blitzartig die Stufen hinauf.

Kurze Zeit später kam er zurück.

„Ein gewisser Moosgruber sucht nach ihnen und stellt lästige Fragen. Ich konnte ihn abwimmeln, aber sollte er wieder kommen, müsste ich ihn aus dem Weg räumen."

Ein Irrer, dachte Schöninger. Aber wenigstens suchte Moosgruber bereits nach ihm. Erste Hoffnung keimte in ihm auf. Und nicht nur deswegen. Schöninger entdeckte in unmittelbarer Nähe, auf Höhe seiner Nase einen Lichtschalter. Er war sich sicher dass dieser ihm noch von Nutzen sein würde.

„Dieser englische Lackaffe lässt auch noch auf sich warten. Da ich meine Zeit nicht mit dir vertrödeln will, verschwinde ich jetzt wieder und komme wieder zurück sobald dieser Engländer zurück ist. Falls du Hunger kriegen solltest, hier laufen ab und zu ein paar Mäuse herum. Zu deinem Glück vielleicht auch mal eine Ratte" , lachte Karl bevor er zur Tür hinaus verschwand.

„Und du bist eine", murmelte Schöninger vor sich hin und wand sich dem Schalter zu. Herr, lass den Moosgruber noch draußen sein und sein Augenmerk auf das Fenster richten, betete Schöninger und betätigte den Schalter.

*

Das Gespräch mit Beth Michelle verlief äußerst positiv und Moosgruber würde sie morgen früh aufsuchen um ihr einige Insider Informationen über Masterbike zu entlocken. Für heute würde es zu spät werden denn es dämmerte bereits und Moosgruber hatte, wie jeden Tag, seine Schicht schon um mehrere Stunden überzogen. Und natürlich würde er gerne zusammen mit seinem Kollegen Schöninger die Zeugin aufsuchen, aber der war vom Besuch seiner Mutter noch nicht wiedergekehrt. Nachdem er weiterhin nicht auf dem Handy zu erreichen war, beschloss Moosgruber direkt zur Pension zu fahren und nach dem Rechten zu sehen. Und wenn er nur beim Ratsch mit seiner Mutter die Zeit (und den Fall) vergessen haben sollte, dann gnade ihm Gott, dachte Moosgruber einerseits grantig über die Unzuverlässigkeit, andererseits besorgt, nach dem Helmsley auch verschwunden war und als Wasserleiche wieder aufgetaucht war. Aber so weit wollte er gar nicht denken.

Die Pension war nach einer guten halben Stunde erreicht und Moosgruber fand ohne weiteres einen Parkplatz für seinen Streifenwagen direkt vor der Tür. Er sah sich nach dem BMW um, mit dem Schöninger heute Nachmittag hierher gekommen war. Ein wenig abseits der Straße entdeckte er ihn. Also ist er noch hier, dachte Moosgruber und schritt entschlossen in Richtung Tür. Sie war nur angelehnt. Moosgruber entschloss daher nicht zu läuten und betrat das

Gebäude.

„Frau Schöninger?" ‚rief er in die Stille. Das Haus schien wie ausgestorben. Die Geschäfte liefen ja schlecht, das wusste der Kommissar. Niemand regte sich. Moosgruber überlegte ob die beiden Damen vielleicht einen kleinen Spaziergang machten, aber dem widersprach die offene Haustür. Außerdem war es hierfür schon zu spät. Es war nun bereits neun Uhr abends. Vielleicht hören die alten Damen auch nur ein wenig schwer.

„Frau Schöninger, Frau Baumgartner?", rief er erneut. Plötzlich vernahm er laute Schritte, die von einer Holztreppe stammen könnten. Sie schienen aus dem Keller zu kommen. Da öffnete sich eine kleine unscheinbare Tür, die vermutlich in den Keller führte, und ein unfreundlich dreinschauender Herr mittleren Alters trat auf Moosgruber zu.

„Kann ich ihnen helfen?"

„Das können sie sicherlich", antwortete Moosgruber. „Könnten sie mich zu Frau Schöninger bringen?"

„Die Frau Schöninger ist schon abgereist", behauptete der Herr.

„Zur Zeit befindet sich niemand außer mir im Haus, Herr...?"

„Moosgruber. Kommissar Moosgruber von der Kriminalpolizei Nürnberg." Moosgruber hielt ihm seinen Dienstausweis unter die Nase.

„Und sie sind?"

„Ich bin der Baumgartner Karl."

„Sind sie mit der werten Pensionsbesitzerin etwa verwandt?"

„Ich bin der Sohn. Ich muss sie aber nun bitten zu gehen, ich habe heute noch einiges zu erledigen." Moosgruber blieb nicht unbemerkt dass der Karl ihn versuchte loszuwerden.

„Mir war nicht bekannt das die Frau Baumgartner einen Sohn hat", antwortete Moosgruber gelassen als würde er den Abwimmelversuch nicht bemerken.

„Jetzt wissen sie es. Ich stehe ja gerade vor ihnen. Aber jetzt muss ich wirklich..."

„Draußen steht der Wagen meines Kollegen Walter Schöninger.

Haben sie ihn gesehen?''

„Nein. Wie gesagt, seine Mutter ist schon seit heute Morgen wieder weg.''

„Warum hat mir ihre Mutter nicht von ihnen erzählt?''

„Was weiß ich'', brummte Karl genervt. „Sie müssen jetzt wirklich gehen. Es ist schon spät.''

Karl geleitete den Kommissar zur Tür. Moosgruber lies sich widerstandslos führen.

„Gute Nacht, Herr Baumgartner'', verabschiedete er sich.

„Nacht'', antwortete Karl mürrisch und schloss zügig die Tür.

Moosgruber wandte sich von der Pension ab und suchte den BMW auf. Da das Auto der Dienstwagen für beide Kommissare war, besaß auch Moosgruber den Schlüssel hiefür. Er beschloss in dem Wagen nach Hinweisen für Schöningers verbleib zu suchen. Denn wenn er sich nicht in der Pension befand und auch nicht in unmittelbarer Nähe zu seinem Auto, wo befand er sich dann? Moosgruber ließ sich auf den Fahrersitz nieder. In der Mittelkonsole entdeckte er Schöningers Handy. Es war noch an. Trotz schlechten Gewissens nahm er das Telefon in die Hand und suchte nach einem Hinweis. Das Handy zeigte ein dutzend verpasste Anrufe an. Moosgruber drückte den entsprechenden Knopf zur Anzeige. Zum Glück handelte es sich bei dem Telefon der Marke Nokia um ein älteres Modell, ansonsten hätte Moosgruber sichtlich mehr Schwierigkeiten gehabt mit dem modernen Ding zurechtzukommen. Bis auf eine unbekannte Handynummer waren die anderen elf Anrufe alle von Moosgruber selber, als er den halben Tag über versuchte seinen Kollegen zu erreichen. Das Licht im Kellerfenster erlosch. Plötzlich ging es wieder an. Es erlosch erneut und ging gleich wieder an. Immer und immer wieder schaltete sich das Licht in unregelmäßigen Abständen ein und aus. Dies zog Moosgrubers Aufmerksamkeit auf sich und er erkannte sofort was da gespielt wurde. Das waren Morsezeichen. Moosgruber versuchte den Code zu entschlüsseln. Kurz - kurz - kurz - lang - lang - lang - kurz - kurz - kurz. SOS! Das war Schöninger! Moosgruber wusste nun das der Karl seinen Kollegen im Keller gefangen hielt.

Er entstieg dem Wagen und trat auf leisen Sohlen auf den Kellerschacht zu. Er versuchte durch den vergitterten Schacht etwas zu erkennen. Der Schacht war aber zu hoch angebracht als dass er viel in den Raum sehen hätte können. Moosgruber konnte vielleicht einen Meter in das Zimmer spähen, mehr aber auch nicht. Er entdeckte nur eine alte verstaubte Kiste, aber keine Personen. Moosgruber erhob sich wieder, klopfte den Schmutz von der Hose und überlegte wie er unbemerkt in das Haus schleichen könnte. Unwillkürlich musste er dabei an den Weihnachtsmann denken der durch den Kamin in die Häuser geschlichen kam. Obwohl er etwa die Figur des Weihnachtsmannes besaß und die Pension einen mächtigen Kamin besaß verwarf er den absurden Gedanken sofort wieder und musste über sich selber schmunzeln. Allerdings kam ihm auch gleich der nächste Gedanke. Die Hintertür. War diese laut der Baumgartnerin nicht stets offen? Es befanden sich zurzeit bis auf Schöningers Mutter keine Gäste im Haus für die die Tür aufgesperrt blieb, aber einen Versuch war es wert. Alternativ könne er ja wieder läuten und dem Karl Bekanntschaft mit seiner Dienstwaffen schließen zu lassen. Aber ein geringes Restrisiko war da, denn es könnte ja sein dass der Schöninger sich gar nicht in dem Gebäude befand und der Karl sonst irgendwas im Keller treib und auch die Morsezeichen, die vielleicht auch nur zufällig das SOS Signal abgaben, selber sendete. Moosgruber schlich sich um das Gebäude. Er vernahm ein Knacksen, wie von einem abgebrochenen Holzstecken. Er hielt kurz inne. Mittlerweile war es dunkel geworden und Moosgruber konnte keinerlei Bewegung um ihn herum ausmachen. Als er die Hintertür erreichte zögerte er einen Moment, griff aber dann doch zu. Vielleicht hatte er ein wenig Angst davor dass die Tür doch verschlossen sein konnte. War sie aber nicht. Vorsichtig drehte Moosgruber den Türknauf woraufhin sich die Tür problemlos und zu seiner Erleichterung auch geräuschlos öffnen lies. Im Flur brannte Licht. Darüber war Moosgruber froh, denn das würde ihm die Suche nach der Kellertreppe erheblich erleichtern. Vor allen Dingen aber musste er leise sein. Der Karl konnte jederzeit aus irgendeiner Richtung kommen und ihn entdecken. Moosgruber blickte sich suchend um, fand aber lediglich eine Treppe die nach oben führte. Vermutlich würde die Kellertreppe hinter einer der Türen liegen. Allerdings waren alle Türen geschlossen was wohl heißen würde Moosgruber müsste das Risiko eingehen und die in frage kommenden Türen auf gut Glück öffnen.

Er begann mit der Tür gleich rechts von ihm. Bevor er aber die Klinke in die Hand nahm spähte er durch das Schlüsselloch. Moosgruber blickte nur in die Dunkelheit. Vorsichtig öffnete er die Tür. Im Lichtschein das vom Flur hinein strahlte, erkannte er in diesem Zimmer einen Schreibtisch und mehrer Aktenordner. Das war wohl das Büro der Baumgartnerin. Moosgruber schloss die Bürotüre wieder und versuchte sein Glück bei der gegenüberliegenden Tür. Hinter dem Schlüsselloch war es wieder dunkel. Als er öffnete entdeckte er eine Art Hauswirtschaftsraum, denn das Zimmer war bis zur Tür zugestellt mit Gegenständen für den Hausgebrauch. Unter anderem einem Staubsauger, einem Bügelbrett und verschiedener Wäschekörbe, in erster Linie voller Bettwäsche. Hinter der dritten Tür allerdings war Licht und Moosgruber lauschte indem er sein Ohr fest gegen das Türblatt drückte. Er konnte keine Stimme vernehmen, nur das monotones Geräusch eines Elektrogerätes. Durch das Schlüsselloch sah er die Ecke eines Schreibtisches. Dazu einen grauen Kasten, der sich nach dem Öffnen der Tür als Laptop entpuppte. Moosgruber trat leise ein und nahm jeden Winkel in Augenschein. Das Zimmer war leer, aber der Laptop war eingeschaltet. Da er sich einige wichtige Informationen erhoffte beschloss er sich den Computer genauer anzusehen. Der Bildschirm war schwarz, aber aktiv. Moosgruber stupste die angeschlossene Maus an und sofort erschien der Desktop auf dem Bildschirm. Er öffnete das E-Mail Programm um herauszufinden wessen Laptop er nutzte und vor allem auch, sollte er das Glück haben, ob ein Zusammenhang zu den Morden an Coleman und Helmsley zu finden war. Der E-Mail Empfänger war ein gewisser Duke McIntyre und er stand bis zum Tag an dem Coleman gefunden wurde in regen Kontakt mir ihm. Strike!, dachte

Moosgruber und musste sich ein lautes Jubilieren verkneifen. Allerdings war er auf der anderen Seite enttäuscht denn er hätte den Laptop eher dem Karl zugeordnet. Doch der Name McIntyre kam ihm sehr bekannt vor. Das war doch der Name auf der Visitenkarte von Masterbike. Es passt alles zusammen, freute sich Moosgruber und überflog wahllos eine der letzten E-Mails. Hier zahlte es sich wieder aus dass Moosgruber dem englischen Mächtig war, ansonsten hätten ihm die Mails zu diesem Zeitpunkt nicht viel genützt. Er las heraus dass Coleman und McIntyre sich über den Thunderhawk stritten. Wie es aussieht verlangte Masterbike das Triathlonrad schnellstmöglich zurück, Coleman hingegen pochte auf den Sponsorenvertrag und wollte das Rad erst nach Ende der Saison zurückgeben. Zumindest wusste Moosgruber nun warum Masterbike den Thunderhawk wieder haben wollte. Wie es schien waren die Drogen aus versehen bei Coleman gelandet, der wiederum von der ganzen Sache keine Ahnung hatte. Moosgruber bekam weiche Knie. Er war nahe daran den Mord aufzuklären und dieser Laptop war Gold wert. Er entdeckte eine Mail mit William Helmsley als Absender. Als Coleman die Korrespondenz öffnet wollte, erschrak er denn vor ihm stand plötzlich McIntyre in voller Lebensgröße und Moosgruber schielte geradewegs in den Lauf einer Pistole. Er war so vertieft in den Mails dass er McIntyre nicht hereinkommen sah.

„Hands up!'', knurrte er und Moosgruber erhob auf den Befehl hin seine beide Arme auf Kopfhöhe.

*

Schöninger staunte nicht schlecht als sich die Kellertür bald wieder öffnete und der Anzugträger mit der Waffe in der einen und Moosgruber mit der anderen Hand in den Raum stieß. Moosgruber stürzte zu Boden und landete gleich neben Schöninger, der über die neue Gesellschaft alles andere als erfreut war.

„Ich hatte eigentlich erwartet dass du mich aus diesem Schlamassel hier raus holst."

„Ob du es glaubst oder nicht, das hatte ich auch tatsächlich vor", antwortete Moosgruber während der Karl ihm die Hände und Beine verschnürte.

„Ruhe jetzt!", befahl der Karl. „Ich muss mich jetzt mit meinem Partner beratschlagen. Nachdem ihr uns nun alle beide die Ehre erweist, müssen wir unseren Plan ein wenig umdisponieren. Auf jeden Fall will der Engländer das Rad heute noch in den Händen halten."

Karl zog sich zusammen mit McIntyre nach oben zurück und ließ die beiden Kommissaren allein verschnürt im Keller liegen.

„Was liegt denen nur soviel an dem verdammten Fahrrad", schimpfte Schöninger.

„Das kann ich dir sagen. Kannst du dir vorstellen das der vermeintlich hohle Rahmen bis oben hin mit Heroin gefüllt war?"

Schöninger blickte Moosgrube ungläubig von der Seite an.

„Ähm, Nein?!"

„Aber tatsächlich ist es so."

„Woher weißt du das? Was hast du noch herausgefunden?"

Moosgruber erzählte Schöninger alles was er seit heute Nachmittag ermittelt hatte, einschließlich McIntyres E-Mail-Verkehr auf dem Laptop.

„Ich kann das gar nicht glauben", bemerkte Schöninger. „Dann hat einer der beiden den Coleman und den Helsmley auf dem Gewissen."

„Ja, nur wer von beiden?"

„Das werden wir noch herausfinden. Allein schon dass sie uns hier eingesperrt haben sollte schon für ein paar Jährchen reichen."

„Sag mal", bemerkte Schöninger nach einem intensiven Blick auf Moosgrubers Mantel. „Zeichnet sich da nicht deine Dienstwaffe ab?"

Schöninger nickte mit dem Kopf Richtung Moosgrubers Brust.

„Ja, tut es", knurrte Moosgruber.

„Warum zum Teufel hast du sie nicht eingesetzt?"

„Was hätte ich denn tun sollen, wenn mir der Typ den Lauf seiner

Knarre geradewegs an die Nase hält. Aber wenigstens haben sie sie nicht bemerkt und mir nicht abgenommen.''

„Das hilft uns auch nicht viel wenn wir uns keinen Millimeter in den Fesseln bewegen können.''

„Hattest du meine Morsezeichen bemerkt?''

„Ja, aber dieser Karl kam mir auch so nicht ganz koscher vor.''

„Dann warten wir jetzt mal auf die Kollegen. Sie werden sicher bald hier sein.''

Moosgruber schielte versohlen zu Schöninger hinüber. „Ähm, ja. Wir müssten sie nur noch informieren.''

„Soll das heißen du bist in die Pension geschlichen ohne dir den Rückhalt der Zentrale zu sichern? Das darf doch nicht wahr sein.''

Wäre Schöninger nicht gefesselt gewesen, hätte er die Hände über den Kopf geschlagen.

„Ich hab mir die Rettungsaktion auch ein wenig anders vorgestellt. Und hättest du deine Mutter nicht mit in die Sache reingezogen dann säßen wir jetzt beide nicht hier'', brüllte Moosgruber.

„Hätte ich meine Mutter nicht reingezogen dann wären wir in dem Fall immer noch keinen Schritt weiter gekommen. Ausserdem war die Idee von dir!'', donnerte Schöninger zurück.

Es folgte einige Minuten eisiges Schweigen.

„Die Streiterei hilft uns jetzt auch nicht weiter. Ich mache mir viel mehr Sorgen um meine Mutter. Wenn wir nicht kooperieren, werden sie ihr etwas antun.''

„Deine Mutter habe ich nicht gefunden, aber die Baumagrtnerin auch nicht. Ich weiß immer noch nicht was ich von der Frau halten soll. Meinst du sie weiß über die Machenschaften ihres Sohnes Bescheid?''

„Ich denke ja. Das wird der Grund sein dass sie ihn kein einziges Mal erwähnte.''

„Deine Mutter schien aber recht angetan von ihr, nicht?''

„Vielleicht weiß sie aber auch gar nichts. Wir können einstweilen nur abwarten. Kaum sprach Schöninger den letzten Satz aus da öffnete sich die Tür und Karl trat auf die beiden Ermittler zu. Kurz darauf erschien auch McIntyre blieb aber im Türrahmen stehen, spielte nur die Rolle des Beobachters.

„Du kommst mit mir mit'', sagte der Karl und deute auf Schöninger. „Der Alte bleibt als Geisel hier. Wir fahren zur Zentrale wo du mir das Rad übergibst. Anschließend fahren wir wieder hierher zurück und ich lass den Dicken laufen.''

„Wer ist hier Alt und Dick, du Maulaffe?'' Moosgruber war sichtlich empört und hätte dem Karl wohl am liebsten sofort am Kragen gepackt. Wenn Moosgruber auf etwas empfindlich reagierte dann auf Kommentare über sein Gewicht. Der Karl half dem Schöninger mit einem kräftigen Ruck auf die Beine. Dieser hatte jedoch erhebliche Probleme mit den Fußfesseln mitzugehen und so befreite der Karl ihn von diesen.

„Aber die Handfesseln nehme ich dir erst kurz vor dem Revier ab. Der Engländer wartet bereits im Wagen. Ich setzte mich neben dich und schaue dass du keine Mätzchen machst.''

Karl zerrte Schöninger durch die Tür nach draußen. Der Engländer schloss hinter ihnen ordnungsgemäß die Tür und folgte ihnen. Moosgruber seufzte. Nicht nur wegen seiner misslichen Lage, auch wegen seiner Frau Marianne. Heute würde er es wieder nicht rechtzeitig nach Hause schaffen. Hatte er es seiner Frau doch hoch heilig versprochen. Aber sie wird Verständnis haben. Mal wieder. Plötzlich hörte er ein Rumpeln und Geschrei auf der Etage über ihm. Frauengeschrei. Moosgruber gefror das Blut in den Adern. Sie werden doch der alten Schöningerin nichts angetan haben. Er hörte Schritte die Kellertreppe hinab gehen. Sie kommen zurück, dachte er sorgenvoll. Sie haben tatsächlich ernst gemacht. Warum auch nicht, immerhin hatten sie ja bereits zwei Menschen auf dem Gewissen. Die Tür öffnete sich. Und herein trat Schöningers Mutter.

„Grüß Gott, Herr Moosgruber'', sagte sie lächelnd. „Darf ich sie aus ihrer misslichen Lage befreien?''

120

*

Karl hatte den Schöninger am Arm gepackt und zerrte ihn die Stufen hinauf. McIntyre folgte ihnen. Einen Schritt vor der Haustür blieben sie stehen. Der Karl lies Schöninger los um die Tür zu öffnen. Als die Tür aufging hielt er verdutzt inne. Seine Mutter, die Baumgartnerin, und die Frau Schöninger warteten bereits vor der Tür.

„Hallo Karl", begrüßte die Baumgartnerin ihren Sohn. „Wo willst du so spät Abends noch hin?" Ehe er antworten konnte zog ihm Schöningers Mutter eine Bratpfanne über den Kopf. Als er benommen niedersank griff der Engländer McIntyre nach seiner Pistole, wurde aber von der Baumgartnerin aufgehalten, die schreiend auf ihn losstürmte und wild auf ihn einschlug. McIntyre versuchte den Angriff der alten Dame abzuwehren, was ihm auch gelungen wäre, hätte er nicht auch von der Schöningerin die Bratpfanne zu spüren bekommen. Schnell durchschnitt die Baumgartnerin die Fesseln des Kommissars ehe einer der beiden wieder auf die Beine kam.

„Schnell Bub, der Schnösel kommt wieder zu sich", rief die Schöningerin.

Ihr Sohn zögerte nicht lange und verpasste McIntyre, der sich fast wieder aufgerappelt hatte einen Hacken und suchte nach dessen Waffe die er in der Innentasche des Jackets fand und sicherte sie sich gleich. Er hielt die Waffe auf McIntyre gerichtet, der daraufhin die Hände in die Höhre reckte und sich widerstandslos ergab. Der Sohn der Baumgartnerin hatte einen stärken Schlag abbekommen, denn er lag noch immer völlig benommen am Boden.

„Mutter, ich halte ihn in Schach. Gehst du bitte in den Keller und befreist den Moosgruber? Ich denke, er wäre dir sehr dankbar."

„Wie du befiehlst, Herr Kommissar", sagte sie lächelnd und stieg die Stufen hinab. Die Baumgartnerin wählte inzwischen die Nummer der Polizei.

Moosgruber stürmte rumpelnd die Treppe hinauf. Atemlos und keuchend blieb er vor der Eingangstür stehen.

„Was zum Teufel ist denn hier passiert? Wie haben dich denn die beiden Frauen befreien können?"

„Ganz klassisch mit der Bratpfanne", antwortete Mutter Schöninger und schwenkte triumphierte das besagte Objekt.

„Ich kann das nicht glauben", sagte Moosgruber kopfschüttelnd.

„Ich auch nicht. Ich dachte du wärst auch gefangen gehalten worden. Zumindest hatte der Karl gedroht dir etwas anzutun wenn ich nicht tun würde was er sage", sagte Schöninger an dessen Mutter gewandt.

„Ich gefangen?" Die Schöningerin lachte. „Nein, ich war mit der Frau Baumgartner beim Pizza essen. Wenn du mir besser zuhören würdest, dann wüsstest du das denn das hab ich dir eigentlich auch erzählt", fügte sie vorwurfsvoll an.

Schöninger blickte betreten zur Seite.

„Aber woher wussten sie dass der Karl uns eingesperrt hielt? Man steht doch nicht einfach mit der Bratpfanne vor der Tür und zieht sie dem nächst besten über die Rübe." Moosgruber war immer noch völlig perplex.

„Das sollte ich vielleicht erklären", sagte die Baumgartnerin als die die Gabel auf das Telefon legte und auf sie zukam. „Ich habe schon länger den Verdacht dass der Karl wieder ein linkes Spiel treibt. Eigentlich lässt er sich bei mir vielleicht drei, vier mal im Jahr sehen. Vielleicht ach öfter, wenn er mal knapp bei Kasse ist. Aber letzte Woche tauchte er überraschend auf und hat darauf bestanden einige Tage hier bleiben zu wollen. Ich hatte zwar zur Zeit des großen Triathlon in Roth kein Zimmer mehr frei, aber wer weist schon seinen eigenen Sohn ab. Ich vermutete er hatte wieder mal einen Zwist mit einem seiner Vermieter. Wobei ich eigentlich schon ein wenig stutzig hätte werden sollen."

„Warum denn?", fragte Moosgruber.

„Der Karl wollte wissen ob der bekannte Triathlet auch wirklich bei mir absteigen würde. Ich bejahte dies, schließlich hatte ich ja auch keine Absage erhalten. Ich sagte ihm wenn er so erpicht darauf wäre ihn kennenzulernen, könne er ruhig vorbei kommen. Aber er bestand darauf hin gleich auf einen längeren Aufenthalt."

„Und dann?", fragte Moosgruber abermals.

„Und dann hatte er sich am Tag vor der Tat meinen Schlüssel geliehen."

„Den haben sie ihm einfach so gegeben?"

„Er sagte er würde kleinere Reparaturen im Haus erledigen wollen und brauchte Zugang überallhin."

„Und das haben sie ihm geglaubt?"

„Komisch war das schon. Mit Arbeiten hatte er es ja noch nie so wirklich. Aber er ist mein Sohn und ich dachte als solcher müsse ich ihm vertrauen. Auch wenn er mich schon etliche graue Haare gekostet hat."

„Und am nächsten Morgen, wo war er da?"

„Als ich zusammen mit ihnen und der Frau Walchshöfer nach den rechten sehen wollte, war er nicht mehr da. Er kam erst am Abend wieder. Mein Schlüsselbund hängte bereits wieder im Schlüsselkasten."

„Hat er gesagt wo er gewesen ist."

„Ja. Er hat sich das Rennen in Roth angeschaut. Außerdem wollte er alles wissen was die Polizei, also sie, alles gesagt hätten. Und dass ich auf keinen Fall erzählen dürfe dass auch er hier Übernacht war. Er begründete dies damit dass er bereits Prominet bei der Polizei wäre und dass man ihn bestimmt zu unrecht beschuldigen würde."

„Und deswegen haben sie sich uns gegenüber so abweisend gegeben?"

„Nicht nur. Ich sagte ihm das wäre Unsinn. Niemand würde ihn des Mordes verdächtigen nur weil er ein paar Diebstähle und Körperverletzungen auf dem Konto hätte. Dann wurde er aggressiv und begann mich zu bedrohen."

„Was hat er gesagt?"

„Er hat mich wüst beschimpft. Den genauen Wortlaut möchte ich lieber nicht wiederholen. Er hat mich eingeschüchtert, hat gesagt er würde die Pension ruinieren und die ist ja mein Lebensinhalt. Und dann hat er…"

Die Baumgartnerin stockte.

„Dann hat er was?", fragte Moosgruber.

„Dann hat er mich geschlagen."

Es folgte ein betretenes schweigen.

„Warum sind sie nicht zur Polizei gegangen? Wir hätten ihnen helfen können."

„Ganz so einfach ging das nicht. Ich hatte Angst um die Pension und vor allem hatte ich Angst er würde mir aus Rache etwas antun. Selbst wenn sie ihn eingesperrt hätten, dann wäre immer noch der Engländer hier frei gewesen. Der Karl traf sich vor der Tat öfter mit ihm und auch danach hab ich sie mehrmals zusammen gesehen. Ich war mir sicher dass auch er nichts Gutes im Schilde führte, trotz seines teuren Anzuges und seinem gepflegten Auftreten."

„Hatte er auch ein Zimmer in der Pension?"

„Nein und ich war ganz froh darüber. Ich glaube er hatte in Nürnberg ein Hotelzimmer genommen."

„Und was war mit der Frau Schöninger? Haben sie ihr sofort alles erzählt?"

„Nein, natürlich nicht. Erst war sie ein Gast wie jeder andere. Na gut, vielleicht nicht ganz, denn wir verstanden uns auf Anhieb ganz gut. Aber dann habe ich spitzgekriegt dass sie die Mutter ihres Kollegen ist." Die Baumgartnerin deutete auf Schöninger.

„Also hatten sie mich doch gleich erkannt?"

„Ja, ich bin zwar alt aber noch nicht senil", sagte sie und lächelte Schöninger zu.

„Und dann offenbarten sie sich ihr?"

„Genau, aber sie musste mir versprechen ihrem Sohn nichts zu verraten. Zumindest vorläufig noch nicht."

„Wie kam es dass sie beide vorhin überraschend vor der Tür

standen?''

„Die Frau Schöninger und ich, wir waren beim Pizza essen. Als wir dann zurück in die Pension kamen erkannte sie sofort den Dienstwagen ihres Sohnes. Und der Streifenwagen brachte uns die Gewissheit, sie beide mussten hier sein. Wir dachten erst sie würden den Karl festnehmen, wurden dann aber stutzig. Als so spät abends noch Licht im Keller brannte, was bei uns ziemlich ungewöhnlich ist, spähten wir durch den Schacht in den Keller hinunter. Und dann hatten wir sie...'' Die Baumgartnerin nickte in Richtung Moosgruber, „ ...gefesselt entdeckt.''

„Und dann kam die Bratpfanne zum Einsatz'', bemerkte die Schöningerin, die sich bisher zurückhielt, mit einem Lächeln.

„Genau'', bestätigte die Baumgartnerin. „Ich hab sie aus dem Haufen Alteisen neben dem Schuppen geklaubt. Als wir vor der Tür standen um aufzusperren öffnete die sich plötzlich und ehe ich mich versah hatte die Frau Schöninger auch schon zugelangt. Den Rest wissen sie ja.''

Mit Blaulicht und Sirene trafen in dem Moment zwei Streifenwagen der Nürnberger Polizei ein. Im ersten Wagen saß Heinl, der gleich herbei gelaufen kam und dem benommenen Karl, der langsam wieder zu sich kam, die Handschellen anlegte.

„Für den anderen hier ist bereits ein Krankenwagen angefordert.'' sagte Heinl und deute auf dem am Boden liegenden McIntyre.

„Eins habe ich jedenfalls aus dieser Geschichte gelernt'', sagte Schöninger.

„So was denn?'' ,fragte Moosgruber und blickte ihn erwatungsvoll an.

„Leg dich nie mit meiner Mutter an'', lachte Schöninger.

*

Am nächsten Tag begannen Schöninger und Moosgruber mit der Beweisfindung. Unterstützung erhielten sie dabei von der Profi Triathletin Beth Michelle, die mit den windigen Geschäften der Firma Masterbike vertraut war. Zusammen durchforsteten sie den E-Mail-Verkehr zwischen Masterbike und dem ermordeten Brock Coleman. Kommissar Moosgruber zeigte sich allerdings nicht ziemlich ausgeschlafen.

„Deine Gähnerei ist ja nicht zum aushalten. Hast du nicht geschlafen oder was?'', fragte Schöninger eher im Scherz.

„Nein'', antwortete Moosgruber und gähnte erneut. „Du weißt ja, ich hatte meiner Frau gestern versprochen pünktlich zuhause zu sein.''

„Ja?''

„Natürlich war ich es nicht'', klagte Moosgruber und seufzte.

„Ist ja klar, schließlich saßen wir in der Pension fest.''

„Genau. Aber erklär das mal einer Frau wenn du geschlagene vier Stunden zu spät zum essen kommst, das Essen immer noch auf dem Tisch steht, die Kerzen, die sie extra besorgt und angezündet hatte, niedergebrannt sind und sich deine Frau schön in Schale geworfen hat um mal wieder einen netten Abend daheim verbringen. Zumal auch die Tochter es vorzog bei ihrem Freund zu übernachten.'' Von der Müdigkeit war Moosgruber nun nichts mehr anzumerken. Er redete sich beinahe in rage. Nur die Anwesenheit Michelles bremste ihn und er zog es vor sich jetzt lieber mit privaten Ausfällen ein wenig zuzuhalten.

„Ich verstehe'', sagte Schöninger, obwohl er genauso so gut wie Moosgruber wusste, dass er eigentlich nichts verstand. Dazu war Schöninger schon viel zu lange allein. Obwohl Schöninger das Thema damit eigentlich beenden wollte, rutschte ihm doch noch eine Frage heraus. „Und dann?''

„Und dann'', wiederholte Moosgruber mit lauter Stimme, die an der Grenze zum schreien schien. „Und dann hat sie mir die Leviten

126

gelesen wie ich unzuverlässig ich doch sei und was sie die letzten fünfundzwanzig Jahre seit wir verheiratet sind alles mitmachen musste. Dass sie vor Sorge nicht schlafen könne und schon mehr als einmal dachte ich hätte eine andere. Dann ist sie schluchzend und weinend am Küchentisch neben den niedergebrannten Kerzen auf den Stuhl gesunken und ich habe sie die ganze Nacht über trösten dürfen. Du weist gar nicht wie sensibel du da sein musst dass du ja kein falsches Wort nicht sagst und die ganze Flennerei von vorne anfängt.''

Schöninger und Michelle starrten ihn mit offenen Mündern an.

,,Ich finde es gut dass sie so offen reden, Herr Moosgruber'', sagte Michelle.

,,Wobei wir auch gleich beim Thema wären'', sagte Schöninger.

,,Wir sollten jetzt hier auch offen reden und die Geschäftspraktiken der Firma Masterbike durchleuchten.''

,,Gut'', sagte Moosgruber, dem sein Redeschwall von vorhin nun ein wenig peinlich war. ,,Miss Michelle, sie haben ja mit Masterbike mal in Verhandlungen gestanden. Die waren ihnen jedoch suspekt und sie haben keinen Vertrag unterschrieben, nicht?''

,,Ja, deswegen kamen wir ja nie zu einem Abschluss.''

,,Dann erzählen sie mal.''

,,Wie sie wissen hat Masterbike seinen Sitz in England. Als ich vor Jahren als junge Kaderathletin mal für einen Kurztriathlon auf der Insel war, wurde ich von jemand angesprochen der sich als Mitarbeiter von Masterbike vorstellte. Masterbike hatte auch damals schon einen großen Namen und so war ich natürlich sehr interessiert. Bis dahin hatte ich außer den Firmen, die den gesamten Kader unterstützten, noch überhaupt keine persönlichen Sponsoren gefunden. Ich bin in diesem Rennen dritte geworden, was für mich einen Riesen Erfolg darstellte, der auch zum ersten Mal die internationale Fachwelt aufhorchen lies.''

,,Also quasi ihr Durchbruch?'', fragte Schöninger.

,,Genau, mein Durchbruch. Von daher war es für mich nicht sonderlich verwunderlich dass eine so große Firma wie Masterbike Interesse an mir zeigte.''

„Und wie sollte der Deal genau aussehen?"

„Zunächst hatte der Typ versucht mir die Masterbike Triathlonräder recht schmackhaft zu machen. Er zeigte mir Hochglanzbilder des aktuellen Modells, damals war das der Condor, wenn ich mich recht erinnere. Das Rad hatte die allerbeste Ausstattung und war damals wie auch heute ein Traum im Design. Und da war natürlich auch der Masterbike Mythos. Wer Masterbike gefahren ist, der war wer. Es war damals wie heute schon sehr schwer an ein Masterbike ranzukommen."

„Aber sie haben sich dann doch gegen den Deal entschieden, nicht wahr?"

„Ja, wenn auch schweren Herzens."

„Rückblickend betrachtet war dies aber eine gute Entscheidung."

„Das sicherlich."

„Wie kam es denn nun dass sie ablehnten?", fragte Moosgruber ungeduldig.

„Also der Typ erklärte mir für Masterbike sollten nur die Besten der Besten fahren um die Marke würdig zu repräsentieren. Und ob ich bereit wäre eine der Besten zu werden. Ich sagte natürlich, na klar. Wer will das nicht?"

„Klar, das will jeder."

„Die Antwort gefiel ihm und dann hat er mir was von Blutdoping und so Zeugs erzählt. Das würde jeder an der Spitze machen, denn ansonsten könne heutzutage keiner mehr mithalten. Und die Tests?, habe ich gefragt. Die wären alle gekauft hatte er mir gesagt. Ich war natürlich völlig perplex und wusste nicht was ich sagen sollte. Doping kam für mich damals wie heute zu keinem Zeitpunkt in Betracht. Dann erklärte er mir, wenn ich in vermehrt in Übersee starten würde, das heißt in den USA, aber auch in Deutschland, dann würde mir ein extra Taschengeld, so hatte er das zumindest genannt, von dreitausend Pfund winken. Allerdings müsste ich das Rad jedes Mal zu einer bestimmten ortsansässigen Zweiradwerkstatt zur Inspektion bringen."

„Um die Drogen aus dem Rahmen entfernen zu lassen, nicht

wahr?'', kombinierte Moosgruber.

„Genau, nur wusste ich das damals noch nicht. Ich hab mich zwar gewundert, aber ich dachte mir, mein Gott, die wollen halt auf keinen Fall dass ein Masterbike während eines Triathlons einen Defekt erleidet, um das Image des unkaputtbaren Superbikes zu wahren. Das mit den Drogen weiß ich auch erst seit heute, als sie mir davon erzählten. Das erklärt aber auch so manches.''

„Gab es da keine Athleten die sich gegen diese Machenschaften sträubten.''

„Doch die gab es. Aber diejenigen hatten die Wahl, weitermachen oder wegen Dopings zwei Jahre gesperrt zu werden. Das hatten sich die Masterbike Leute raffiniert ausgedacht.''

„Damit ist es ja zum Glück bald vorbei. Die Kollegen vom Scotland Yard haben den Konzern bereits hoch genommen.''

Moosgruber war darüber sichtlich erleichtert.

„Beth, wir bedanken uns recht herzlich für die Zusammenarbeit'', sagte Schöninger und reichte ihr die Hand. „Falls noch irgendwas sein sollte, zögern sie nicht und rufen sie mich an.''

„Das werde ich tun'', antwortete sie, blinzelte ihm zu und schenkte ihm ein freundliches Lächeln.

Nachdem sie sich verabschiedet hatte, wandte sich Moosgruber dem Schöninger zu.

„Du sag mal.''

„Ja?''

„Es geht mich ja eigentlich nichts an.''

„Nun sag schon. Was hast du auf den Herzen?''

„Von wem war denn die unbekannte Nummer auf deinem Handy?''

Schöninger grinste.

„Nun sag schon.''

„Warum willst du das wissen?''

„Es war Michelles Nummer, nicht wahr? Ich hab doch genau gesehen wie sie dich angelächelt hat und du hast sie auch noch gebeten dich anzurufen.''

„Das war doch jetzt nur auf den Fall bezogen."

„Das spielt keine Rolle."

„Um dich zu beruhigen, nein, es war nicht Michelles Nummer."

„Ich sagte ja, es geht mich nichts an. Das ist deine Privatsache, aber ich habe nur gemeint, vielleicht könntest du doch noch mal unter die Haube kommen", sagte Moosgruber verlegen.

„Es war die Nummer der Schneiderin", sagte Schöninger schließlich.

Moosgruber starrte ihn verblüfft an.

„Ja? Was wollte die denn noch?"

„Wir werden heute Abend Essen gehen."

Moosgruber rang mit der richtigen Antwort darauf.

„Und ja, es ist ein Date", setzte Schöninger nach, nahm seine Jacke und verabschiedete sich.

*

Glücklich über den Verlauf seines Abenteuers in Roth, gönnte sich Kommissar Walter Schöninger ein paar freie Tage. Als er zu Hause ankam, fand er seine Wettkampfutensilien vor, noch in dem vom Veranstalter gestellten Kleidersäcken verstaut. Nicht einmal den Neoprenanzug hatte er zum trockenen aufgehängt, Schöninger ärgerte sich darüber und hoffte der empfindliche Schwimmanzug würde keinen Schaden davon tragen. Ein Anzug für mehr als dreihundert Euro und den man nur ein paar Mal im Jahr braucht, sollte eigentlich entsprechend lange halten. Auch der Briefkasten vor zum Bersten gefüllt. Den Briefstapel legte er auf seinen Schreibtisch. Endlich fand er Zeit seinen ersten Triathlon über die Langdistanz in Ruhe durch den Kopf gehen zu lassen. Der Wettkampf an sich verlief genau nach seinen Vorstellungen. Er konnte sogar seine angepeilte Zeit unterbieten.

Nachdem er seine Wechselbeutel geleert und zur Wäsche in den Keller gebracht hatte, setzte er sich mit einem großen Becher Eiscafe vor den heimischen PC um die Urkunde zu drucken und über den Bilderdienst seine Fotos anzusehen. Schöninger war bereits entschlossen auch im nächsten Jahr an der Challenge teilzunehmen und beschloss sich heute noch anzumelden. Das Telefon klingelte.

„Ja, hier Schöninger?"

„Hallo Walter, ich bin`s."

„Ach Mama, du bist es nur."

„Ja, hast du jemand anders erwartet?"

„Ich dachte die La...", Schöninger unterbrach sich kurz. „Nein, nein. Ist schon ob. Wie geht's dir?"

„So weit ganz gut. Ich glaube die Frau Baumgartner ging es auch nie besser als wie jetzt."

„Obwohl ihr Sohn..., du weißt schon?"

„Ja, sie hat es ganz gut verkraftet. Ihre Tochter kommt nun oft vorbei und sieht nach ihr. Aber ich bin ja auch noch da."

„Willst du nicht bald wieder nach Hause kommen?"

„Brauchst du mich denn?"

„Nein, nicht wirklich."

„Dann würde ich noch einige Zeit gerne hier bleiben. Die Pension ist groß genug und die Baumgartnerin lässt mich ja umsonst hier wohnen. Ich zahl nur einen Anteil zum Essen. Und da du ja eh nie daheim bist..."

Wieder dieser Vorwurf. Schöninger hatte sowieso schon Gewissensbisse.

„Mama, du weißt ja, meine Arbeit bei der Polizei..."

„Ja, weiß ich doch", unterbrach sie ihn. „Das war auch kein Vorwurf nicht. Du kannst mich aber gerne besuchen kommen."

„Ja mach ich bestimmt."

„Melde dich wenn du was brauchst. Und erhole dich von deinem doppelten Abenteuer Roth."

„Mach ich, Mama. Tschüß."

„Wiederhören, meine Junge."

So, und nun die Anmeldung für das nächste Jahr, dachte Schöninger und drückte auf den Anmelde Button. Ausverkauft. Das gibt's doch nicht, ärgerte er sich. Kein Startplatz ist mehr zu haben. Nach wenigen Stunden war das Rennen bereits ausgebucht und Schöninger war zu sehr mit dem Fall beschäftigt als dass er sich Gedanken über die Anmeldung machen konnte. Frustriert fuhr er den Computer herunter und widmete sich der Post. Ein Brief von TeamChallenge, dem Veranstalter des Triathlon erregte seine Aufmerksamkeit. Sofort öffnete er ihn und was er da las ließ ihm wieder ein Lächeln auf den Lippen zaubern.

„Sehr geehrter Herr Schöninger,

Zunächst einmal herzlichen Glückwunsch zum finish der Challenge Roth. Anbetracht ihrer Bemühungen zur Aufklärung des Mordes an Brock Coleman freuen wir uns ihnen hiermit als kleine Anerkennung einen Freistart für das kommende Jahr anbieten zu können. Wir hoffen sie nehmen den Startplatz wahr und freuen uns schon sie erneut hier in Roth begrüßen zu dürfen.

Mit freundlichen Grüßen,
Ihr

Felix Walchshöfer''

Sebastian Meyer, Backbreaker – Der Wrestling Krimi

112 Seiten, Paperback
Originalausgabe 2014
ISBN 978-3-735719-16-4

Der mexikanische Pro Wrestler El Maestro gewann soeben den
Weltmeisterschaftstitel, als er unvermittelt nach dem Kampf in der Kabine tot
zusammenbricht. Der Kripobeamte Walter Schöninger und sein Kollege Max
Moosgruber machen sich sofort an die Ermittlungsarbeiten, die ihn sogar bis in den
Ring führen...

Auch als E-Book erhältlich!

Johannes Meyer, Join The Revolution

270 Seiten, Paperback
Originalusgabe 2013
ISBN 978-3848253838

Angefangen in einer kleinen Bingohalle in Philadelphia, PA unter dem Banner der
NWA als Eastern Championship Wrestling und als absoluter Geheimtipp unter den
Fans, sorgte Extreme Championship Wrestling (ECW) in den 1990er Jahren
weltweit für Furore und hinterließ deutliche Spuren in der Zukunft des Pro
Wrestling.
ECW wurde "in" und die führenden Promotionen begannen den Stil der ECW zu
kopieren um ihre Position an der Spitze nicht zu verlieren. Wrestler wie Sabu, der
Sandman, Tommy Dreamer oder Rob Van Dam wurden zu landesweiten Stars.
Dies ist die Geschichte von Extreme Championship Wrestling.
Von der Entstehung als kleine lokale Promotion bis zum bitteren Ende 2001 als
landesweites Fernsehprodukt und der Wiedergeburt als Ableger unter dem Banner
von World Wrestling Entertainment (WWE).
Ein Nachschlagewerk mit den Ergebnissen sämtlicher Houseshows, TV-Shows und
Großveranstaltungen. JOIN THE REVOLUTION